λ《ラムダ》に歯がない

森 博嗣

KODANSHA NOVELS
講談社ノベルス

カバーデザイン＝坂野公一（welle《ヴェレ》 design《デザイン》）
フォントディレクション＝紺野慎一（凸版印刷）
ブックデザイン＝熊谷博人・釜津典之

目次

λ has no teeth

by

MORI Hiroshi

2006

登場人物

松木《まつき》　泰三《たいぞう》……研究員（設備系）
城田《しろた》　孝治《こうじ》……研究員（構造系）
吉沢《よしざわ》　美佳《みか》……研究員（構造系）
日比野《ひびの》……研究員（意匠系）
梶間《かじま》　繁夫《しげお》……研究所所長
青井《あおい》　弓子《ゆみこ》……研究所副所長
有本《ありもと》……出入り業者
葛西《かさい》……謎の男
田村《たむら》　香《かおり》……事故で死んだ女
小嶋《こじま》　聡司《さとし》……窃盗犯

赤柳《あかやなぎ》　初朗《はつろう》……探偵
加部谷《かべや》　恵美《めぐみ》……C大学２年生
海月《くらげ》　及介《きゅうすけ》……C大学２年生
山吹《やまぶき》　早月《さつき》……C大学大学院M１
李《り》……留学生
西之園《にしのその》　萌絵《もえ》……N大学大学院D２
国枝《くにえだ》　桃子《ももこ》……C大学助教授
犀川《さいかわ》　創平《そうへい》……N大学助教授
近藤《こんどう》……愛知県警刑事
鵜飼《うかい》……愛知県警刑事
沓掛《くつかけ》……警視庁警部

「そちらにだれかいらっしゃるの?」と彼女は小声でたずねた。

「たかが皮なめし職人ですよ」同様にかすかな返事だった。

「お休みのおじゃまをするつもりはありませんよ。ちょっとばかりくにが恋しくなったので、口笛で歌を吹いてみたまでです。でも、陽気なのだって吹けますよ。……あなたもよそから来たんでしょ、娘さん?」


(KNULP / Hermann Hesse)

プロローグ

クヌルプは手近の十字架にしるされている名を読んで言った。「エンゲルベルト・アウアーという名で、六十歳を越した。そのかわり、今じゃモクセイソウの下に眠り、安穏《あんのん》だ。モクセイソウは美しい花で、ぼくもいつかほしいと思っている。さしずめここにあるのを一つ取ってゆこう」

那古野《なごの》市東北部の郊外に位置するT建設技術研究所内で発生した事件は、最初から誰の目にも特異なものとして映っただろう。テレビでも新聞でも大きく取り上げられ、あっという間に全国の話題になった。

この事件の特徴は幾つかある。

第一に、四人の男の死体が同時に発見されたこと。そのいずれもが、近距離から銃で撃たれており、他殺である可能性が高い。銃は殺人現場からは発見されていない。

第二に、四人が死んでいた建物が、完全に施錠された事実上の密室であったこと。このため、当初より、「大量密室殺人」といった見出しを掲げてマスコミが報道した。鍵がかかっていたことに加え、建物にアクセスできる箇所にはビデオカメラが設置されており、これが二十四時間稼働していた。しかし、殺人者らしき人物はおろか、四人の被害者が侵入した形跡も見出されていない。

第三に、四人の被害者の身元がわからない、という不可解さがあった。彼らは研究所に関係がある人間ではなかった。ただ、彼らのポケットからは、共通する文字が刻まれた名刺大のカードが発見されている。これが、殺人者によるものである可能性は高い。

第四に、死んでいた四人には歯がなかった。検査の結果、死後に強制的に抜かれたものと判明している。

*

事件現場に、山吹早《やまぶきさ》月《つき》と海月《くらげ》及介《きゅうすけ》が居合わせたのは偶然であった。山吹の指導教官であるC大学工学部建築学科の国枝桃子《くにえだももこ》助教授が、T建設技研との共同研究を行っていたためだ。同じ敷地内にある建物の施設を借りて、国枝研究室の面々が実験をしていた。この実験は、韓国人留学生の李《り》の研究テーマであり、彼が計画したものだった。五日まえからこの場所で準備を始め、事件のあった前日からは長時間の連続測定に入った。人数が必要なために、同じ研究室の院生・山吹早月が手伝い、また被験者を海月及介が務めていた。この測定が深夜まで及んだので、彼らは、そのままその部屋で仮眠をとっていた。山吹が目を覚ましたのは午前九時頃のことで、パトカーのサイレンが聞こえたからだった。

T建設技研の建物は、一般の目には普通の工場のように見える。広い敷地には、大きな倉庫のような建物が幾つか点在している。いずれも三階ないし四階程度の低層建築物だ。ゲートに近い位置に、窓が並んだごく普通のビルがあり、それが中央棟と呼ばれているもので、管理や事務の関係が集中している。これ以外は、材料系、構造系、防災系、設備系、意匠系の五つの分野別に建物が分かれていて、それぞれに研究施設と実験施設を持っている。同じ建物の中に両者があるものもあれば、研究棟と実験棟が独立している場合もあった。

国枝研究室が共同研究を行っているのは、設備系の研究チームである。設備系には、照明や音響や空調などの実験設備があるが、今回の測定はオフィスの空調に関するもので、新しい制御システムの開発が目的だった。

ところで、事件は、彼らが測定を行っていた建物の真向かいにある構造系の実験棟で起こった。ただ、真向かいといっても、広い中庭が間にあり、さらに、構造系実験棟の手前には、資材を置くための広いヤードがある。建物までの距離は五十メートル以上離れていた。したがって、不審に思うような音を聞いたわけでもない。もっとも、非常に気密性の高い二重ガラスの窓を閉めきっていたこともある。朝になって、海月が窓を開けたらしく、それでサイレンの音が初めて聞こえたのだ。山吹はソファで寝ていた。李は、椅子を並べて寝ていたし、ほかに一名、肘掛け椅子に座ったまま寝ていた。海月は、もしかしたら寝ていなかったかもしれない。

「なんだ?」山吹は起きあがり、目を擦《こす》りながら、窓の方を見た。眩《まぶ》しくて目をしっかりと開けていられない。

「なんかあったみたいだ」窓の外を眺めながら、海月が答えた。さらに、別の方へ視線を向けてから言った。「国枝先生だ」

山吹も窓まで行き、中央棟の方から、国枝助教授がこちらへ歩いてくるのを見た。彼らがいるのは二階である。構造系実験棟の前にパトカーが集まっているため、国枝もちらちらとそちらを振り返っていた。窓をさらに開けて、山吹は顔を出した。

「先生、おはようございます」国枝が声の届く距離まで来たので挨拶をした。

国枝は僅《わず》かに顔を上げ、黙って少しだけ片手を持ち上げた。

しばらく待っていると、通路から足音が聞こえ、ドアが開いて、国枝が部屋に入ってきた。

「測定はどう」国枝がきいた。部屋を見回す。まだ二人寝ている。「遅くまでかかった？」

「そっちがさきですか？」山吹は少し可笑《おか》しくなった。「どうしたんですか？　あれ」窓の外をもう一度見る。普通、そちらの方が関心事ではないだろうか。

「なんか、事故でもあったんじゃない」国枝は簡単に言った。

「救急車が三台も来ていますね」山吹は言う。「でも、消防車はいないから、火事じゃないみたいですけど」

国枝も海月も窓の外を見にきた。そして、そちらを見たまま、なにもしゃべらなくなってしまった。この二人はとにかく口数が少ない。生まれてからこれまでに口にした台詞《せりふ》をすべて書き出しても、そんなに分厚い本にはならないのではないか、と思えるほどだ。

留学生の李が起きてきて、いきなり国枝と測定結果のディスカッションになったので、山吹は海月と一緒に建物の外に出た。問題の場所へ近づこうとした。近くへいけば、もう少しくらいなんらかの情報が得られるだろうと期待したからだった。

ところが、近づくにしたがって、ただごとではない、という異様な雰囲気を感じた。警察関係の人間と思われる大勢が、いずれも忙しく構造系実験棟を出入りしている。T

建設の社員らしき人間は十数人、隣の研究棟の玄関から五メートルほど離れたところにいて、さらに五人ほどが、ゲートに近い守衛小屋の前に立っていた。呆然とした表情が多い。また、三人が、集団から少し離れて携帯電話を耳に当てている。彼らの位置から真っ直ぐに三十メートルほど行ったところに、表の道路へ出るゲートがある。そのゲートの外から中を覗いている野次馬たちも見えた。

警察の車は、構造系実験棟の前の中庭に十台以上あった。既にここの駐車スペースは満車の状態である。ゲートの外にも駐車されているようだった。紺色の制服の人間が、そちらからも何人か足早に歩いてくるのが見えた。

構造系の建物は、実験棟と研究棟の二つが接近して建っている。向かって右が普通のビルで窓がある研究棟。左が大きなシャッタがあって窓は高い位置にしかない実験棟だ。大型の実験設備がそちらにあるのだろう。現在は、その左の実験棟の、シャッタの横にある出入口から係員が出入りしている。その前に警官も立っている。問題がその中で発生したことは明らかだ。

T建設の人の方へ近づく。知った顔を探すと、設備系の実験室を借りるときに機器の説明をしてくれた松木《まつき》という男が、山吹たち二人に気づいて、こちらへやってきた。

「何があったんですか?」山吹は尋ねた。

「殺人事件」というのが松木の答である。

「事故じゃなくて、ですか？」山吹は、当然ながら事故の可能性を考えていた。構造系の大型実験ともなれば、それなりに危険が伴う作業があるはずだ、と想像したからだ。

「拳銃で撃たれていたらしくて……」松木が言った。「あ、君たち、昨夜泊まっていたんだよね。銃声を聞かなかった？」

「え……、あの、何時頃なんですか？」山吹は隣に立っている海月の顔を横目で見ながら尋ねた。

「さあ、何時頃かなぁ」松木は建物の方を眺める。

海月は山吹に対して無言で一度だけ首を横にふった。聞いてない、という意味のようだ。

「まあ、どうせ、そのうち警察にきかれるよ」松木がこちらを向いて苦笑いする。

「誰が撃たれたんですか？」山吹は質問した。

「いやぁ、それがね……、どうも、よくわからなくて」

そんな話をしているとき、実験棟の中から知った顔が現れた。愛知県警の近藤《こんどう》刑事である。向こうも山吹に気づき、足を止めた。

「あれれ、山吹君じゃない」近藤が微笑んで近づいてくる。しかし、無理に笑っているような、人工的な表情にも見えた。「どうして、こんなところにいるわけ？」

「いえ、あっちで実験をしていたんです」山吹は後ろの建物を振り返って指をさす。

「海月君も？」近藤がきいた。

海月が無言で頭をさげる。頷《うなず》く、という動作よりは多少上下動が多い、という仕草《しぐさ》だった。

「国枝先生も、いらっしゃっていますよ」山吹は言う。

「あ、本当に？」近藤の顔が一瞬で明るくなった。「それじゃあ、西之園《にしのその》さんは？」

「あ、いえ……」山吹は首をふる。

西之園というのは、彼が日頃指導を受けているN大のドクタの学生で、国枝助教授の一番弟子といった存在の女性である。

「あ、そう……」近藤は溜息をつき、いかにも落胆した、といった感じで肩を落とした。わかりやすい演技といえる。

「あの、殺人事件なんですか？」山吹は小声できいた。「僕たち、昨日からずっと、夜もあそこにいましたよ」

松木は既に会社の集団へ戻っている。声が聞こえる範囲には、山吹と海月と近藤の三人だけしかいない。近藤も目配せをして、それを確かめた。

「山吹君、銃声、聞かなかった？」近藤が尋ねた。

「それをきかれるだろうって、たった今、言われたところですけど」

「聞いてない？」

「いいえ。海月も聞いてないそうです」ついでに友人の分も証言してやった。

「そうか……」近藤は溜息をつく。

「誰か殺されたのですか？」山吹は尋ねた。

三台も来ている救急車だが、いっこうに誰かを搬出する気配がない。怪我をしているのならば、すぐに運び出すはずだ、と彼は考えた。

「うん。いや、まだ、誰なのかわからない」近藤はぼそっと呟《つぶや》くように言った。「今のところ、四人なんだけれどね」

「え？」山吹は、耳を疑った。「四人？　えっと、怪我人もいるんですか？」

「いや……。撃たれて死んだのが四人」近藤は言う。「だから、最低でも、四発の銃声が響いたはずなんだけれどね。まあ、でも、完全に閉め切られていたしなあ。外には音がもれなかったのかもしれないけど」

「何時頃ですか？」

「いや、それも、まだはっきりとはわからない」近藤は話す。「昨晩から今朝にかけてだということは、確かだけど」

「拳銃は見つかったんですか？」海月が突然質問をした。

「あ、いや」近藤も少し驚いたように海月を見て、首をふった。

「銃で撃たれたって、見たら、わかるものなんですか？」山吹が質問した。それは、まえから疑問に思っていたことだ。たとえば、フェンシングの剣などで突かれた場合と区別ができるものなのか、と。

「拳銃であることは、まずまちがいない。実は、一個だけ弾が見つかっている。ほかのものも、たぶん見つかるはずだよ」

「あ、じゃあ、殺人犯がまだ銃を持っているってことですね？」山吹はあたりを見回した。「それって、けっこう怖くないですか？　近所に警戒するように指示をしないと」

「うん、そういうこと。ああ、頭が痛い」近藤は頷いた。「ただねぇ、ちょっと、そのぉ、解《げ》せないことがあって、というか、多くてねぇ……」

「どんなことですか？」

「まず……」近藤は話を始めようとしたが、すぐに思いとどまったようだ。「ああ、いやいや、ここでこんな悠長な話をしている場合じゃないんだ。うん、まあ、またあとでね……」

近藤は二人に背を向けて、駐車場の方へ歩いていく。

「あ、西之園さん、呼びましょうか？」咄嗟《とっさ》に頭に思い浮かんだことを山吹は言葉にした。

近藤の足がぴたりと止まり、振り返って山吹の顔を見る。そして、こちらへすぐに引き返してきた。彼は眉を顰《ひそ》め、山吹に顔を近づける。

「うーん、難しいところだなぁ」近藤は囁《ささや》いた。「僕個人としては、もちろん、是非とも西之園さんに来てもらいたい。来てくれたら、現場を見せても良い。なにしろ、彼女、この手の事件のエキスパートだからね」

「え、何のエキスパートなんですか？」山吹には意味がわからなかった。

西之園の専門はもちろん山吹と同じ建築学である。分野はどちらかというと都市史に近い。

「しかしねえ、そうそう、ほら、おおっぴらに呼ぶわけにはいかないのだよ」近藤は小声で続ける。「わかるだろう？　警察が、そんな一個人に支援を求めるなんて、なんというか、あってはならない、うーん、とまでは言わないけれど、その、基本的にありえないことっていうのか……」

「だから、何ですか？」

「いやぁ、君の判断に任せる」近藤は真面目な顔で言った。じっと山吹の目を見据えている。「本当は、犀川《さいかわ》先生に来てもらいたいところだけれど、それはまた改めて……」

「改めて、どうするんですか？」

「いや、なんでもない、なんでもない」

犀川助教授は、N大で西之園の指導教官をしている人物である。国枝助教授も、かつては犀川研究室の助手だったのだ。しかし、どうして、犀川に関係があるのか、今一つ山吹にはわからなかった。

近藤は一度歩きかけたものの、再び足を止め、また戻ってきた。

「一つだけ」彼は指を立てた。「とにかく、密室なんだよ、密室。わかる？　密室だよ。西之園さんにどうかよろしく……」

「は？」

近藤が小走りに行ってしまったので、付近を少しだけ歩いてから、中央棟の横にある自動販売機でジュースを購入した。外へ出れば、道路の反対側のすぐ近くにコンビニがあるのだが、今は、敷地から出ることが何故かいけないことのように感じられた。つまり、逃げようとしているみたいに警察に思われはしないか、といった類《たぐい》の心配である。

山吹はジュースを半分ほど飲んだ。海月を観察すると、温かいお茶を飲んでいる。相変わらず自分からはなにも話さないが、山吹が尋ねることには、過不足なく答える。いつもそうなので、もうすっかり慣れているが。

「西之園さんに電話をしてみようか」そう言いながら、山吹はポケットから携帯電話を取り出した。

海月はこちらを見なかった。反応はなし。

思い切ってコールした。電話を耳に当てる。なかなか出ない。もう諦めようかと思った頃にようやく繋《つな》がった。

「はあい、もしもし」いつもより少し籠《こ》もった西之園の声である。

「おはようございます、山吹です。あの、僕、T建設の技研にいるんですけれど」

「あぁ、実験ね、うーん、ご苦労様」

「あの、たった今ですね、近藤刑事に会って、西之園さんに電話をしてはどうか、なんて言われたものですから」山吹は人のせいにすることにした。

「近藤さん……？　え、どうして？」

「事件があったんですよ。警察がいっぱい来ています。殺人事件で、何人か銃で撃たれたらしいんです」

「うわぁ、怖いわねぇ、近くなの？」

「え？」

「いえ、ここです、ここ。技研の中でです」

「で、あの、近藤さんが捨て台詞のようにおっしゃったんですけど……」

「何て？」

「密室だって」

沈黙が三秒ほど。

「すぐ行きます」西之園のその声のあと、電話が切れた。

山吹はお茶を飲んでいる海月の顔を見る。横目でこちらを見ていた彼が視線を逸らした。

＊

西之園は、愛知県警の鵜飼《うかい》警部補に電話をかけた。幸い、すぐに摑まえることができた。彼は、T建設の現場ではなかった。

「そうなんですよ、発見されて、まだ二時間にもなりませんですね」というのが鵜飼の返答だった。「あ、もし、西之園さんが行かれるのでしたら、そりゃあもう大歓迎ですよ。現場にも伝えておきます」

「では、よろしくお願いします。山吹君たちが近くにいるそうなので」

「それよりも、犀川先生に、また一度お会いしたいと思っているのですが……」

「はい、わかりました。伝えておきます」簡単に返事をする。「でも、私、先生の秘書さんじゃありませんから」

「え？　犀川先生に、秘書がいらっしゃるのですか？」

「いいえ、いません」

「あ、そうですか……、あのぉ、近いうちに、是非と……」

「それじゃあ、私、現場へ出かけますから、これで」

携帯で話をしながら、バッグや上着の支度をしていた。廊下へ出て、キッチンへ行く途中で鵜飼との電話が終わった。

キッチンでは、加部谷恵美《かべやめぐみ》がテーブルに着き、諏訪野《すわの》がキッチンの奥からこちらを覗いていた。

加部谷は、山吹の後輩になるC大の学部生。昨夜、西之園の家に遊びにきたまま泊まっていったのだ。家に帰りたがらない年齢といえるかもしれない。諏訪野は、老練の執事で、西之園が生まれるまえから西之園家に仕《つか》えている。

「すぐに出かけることになったの」西之園は言った。「諏訪野、ごめんなさい、食べている時間がないわ」

「お嬢様、せめてコーヒーだけでも召し上がってはいかがでしょうか」諏訪野はまったく動じず、ゆっくりとした口調で話した。

「うーん、そうね」西之園は思い直して椅子に腰掛けた。「たしかに、それほど慌てて行く必要もないか……」

「何があったんですか？」加部谷がきいてきた。まだ眠そうな顔をしている。

「そう、山吹君から電話があってね。殺人事件で、密室で、何人か銃で撃たれたとか。場所はT建設技研。あそこで、今、李君が実験をしているの。ごめんなさい、箇条書きみたいな言い方して」

「よくわかりました」加部谷は目を丸くして頷いた。「山吹さんたちは、大丈夫なのですか？」

「もう、警察が到着しているみたいだし、危険はないと思うけれど」

「なんか、多いですね」

「何が？」

「事件が」加部谷は眉を寄せる。

「うーん、そうかな……、私は、昔よりは少ないかなって思っているんだけれど」

「そうですかぁ？　私の周りでは多いです」

「あ、そういえばそうね」

「私も一緒に行って良いですか？」

「え……」

諏訪野が西之園の前にコーヒーカップを置いたが、かなりの圧力で彼女を睨んだ。西之園は軽く微笑んで跳ね返す。もう、この程度のことにはすっかり慣れている彼女である。

「とにかく、駅までは乗せていってあげるから、一緒に出ましょうか。あと、そうね……、七分で出発」

「七分ですか？　七分。細かいですね」

「どうして?」

「いえ……」加部谷は唇を噛んで微笑んだ。

第1章　歯のない四人

**小さな仕事場は小鳥の巣のように底なしの深みを下に、虚空にぶらさがっていた。その家は崖《がけ》のきわに立っていたからである。窓から垂直に見おろすと、四階の建物が下にあるだけでなく、家の下では、貧弱な急傾斜した庭と草のはえた斜面との丘が目まいするほど低くのめってい
た。**

1

白いスポーツカーがT建設技術研究所のゲートから入ってきたとき、山吹早月と海月及介は、中庭の花壇のそばのベンチに腰掛けていた。西之園に電話をかけたあと、いったん国枝たちがいる設備系の建物に戻り、三十分ほど昨夜の測定結果に関する報告を聞いた。報告したのは留学生の李である。途中で国枝が三十回は質問をした。山吹は三十

回くらい欠伸《あくび》をかみ殺した。海月は、研究室の人間ではない。単なる被験者である。壁際の椅子に腰掛けて目を瞑《つぶ》っていた。眠っていたのかもしれない。山吹は彼がもの凄く羨ましかった。

そのあと、もう一日測定を行うかどうか、という話になる。

「事件のせいで、ここにいるの、無理かもしれませんよ」山吹は意見を言う。

「わかった、あとできいてくる」国枝が即答した。山吹の意見を聞いてもしかたがない、という顔である。

国枝にとってみれば、殺人事件など、研究とは無関係なのだ。それはそのとおりだ、と山吹も思う。ただ、人間というのは、地理的に近いというだけで、無関係だと処理できなくなる事項が増えるものだ。国枝がきいてくると言ったのは、この場所、この施設が物理的に使用できるかどうか、ということだろう。そんなことは、T建設の人間でもわからないのではないか。それとも警察にききにいくという意味だろうか。国枝桃子ならばそれくらいのことはするだろう、との想像も容易である。

打合せが終わったあと、国枝はすぐに部屋から出ていった。李は、国枝に指示されたとおり、測定器の制御プログラムの変更作業にかかる。山吹はやることがなかったので、海月とともに再び中庭へ出て、捜査の様子でも眺めてこよう、と思った。そこへ西之園のポルシェが入ってきたのだった。

駐車場はいっぱいなので、中庭の隅の道路にスペースを見つけて、車が停まった。さきに助手席のドアが開いて、加部谷恵美が現れた。これには山吹も少々驚いた。

「あ、加部谷さんだ」と素直に口にする。それから、海月の顔を見た。彼もこちらを向き、無言で頷いた。たぶん、加部谷恵美にまちがいない、ということだろう。

彼女が駆け寄ってきた。

「おはようございまーす」二人の前で、加部谷はぺこんと頭を下げた。「お揃いで、なによりです」

「何しにきたの？」山吹は尋ねた。

「うっわぁ、いきなりですかぁ？」笑顔のまま加部谷が目を大きくした。「加部谷が来て、あまりの嬉しさに、つい、はにかんでません？」

車の方を見ると、西之園は山吹たちの方を一瞥《いちべつ》したあと、事件現場の建物の方へ歩いていってしまった。警察の人間は、ますます増えているように見える。そして、そのほとんどは問題の実験棟の中へ吸い込まれていく。山吹がそちらを見ていたので、遅れて加部谷も振り返り、西之園を目で追った。西之園は警官と言葉を交わしたあと、建物の中に一人入っていった。

「あ、あっさり入ってっちゃった」加部谷が言う。「顔パスなんですね。良いなあ」

「殺人現場に顔パスになっても、あまり嬉しくないと思うけど」

「警察の科学班に就職できるかもですよ」加部谷がこちらを見て言った。「あ、それって、かなり魅力的なような……」

「加部谷さん、どうして西之園さんと一緒だったの?」

「ふふふ」加部谷は微笑んだ。「意味ありげな微笑み」

「さて」山吹は背筋を伸ばして首を回した。「あぁあ、そろそろ帰ろうかな」

「ちょっと待って下さいよ」加部谷が手を前に出して言った。「ちょっと、あの、ここに座りますよ。もう少し、そちらへ詰めて下さい」

海月がすっと立ち上がった。

「座っていいよ」山吹も立ち上がる。

「あああん」加部谷はベンチに座ってから、脚をふった。「意地悪な先輩に泣かされている加部谷」

「なんか、朝からハイだね、加部谷さん。昨日の夜、なにかあったの?」山吹が言う。

「いや、きいた僕が悪かった。答えなくて良いよ」

中央棟の建物から、国枝桃子が出てくるのが見えた。そういえば、今は研究所の人々は中庭にはいなかった。建物の中に入ったのか、それとも、どこかで警察から事情聴取を受けているのだろうか。国枝がロボットみたいに表情を変えずに近づいてきたので、山吹たちはそちらへ、歩いていった。

「実験、できそうですか？」彼はきいた。

「まだわからないって」国枝はそう言うと小さく溜息をついた。ほんの僅かな兆候だが、かなり苛立《いらだ》っていることは明らかだ。「警察がどう言うかによる、ということらしい。困ったな、ひとまず撤収するか……」

「でも、僕たちは昨晩ずっとここにいたんですから、きっと警察から質問とかされると思います。すぐに帰るわけにはいかないんじゃないかな」

「私はすぐに帰ることができる」国枝がメガネを少し持ち上げて言った。

「あ、ええ……、先生は、そうだと思います」

「まったく、よけいなことをしてくれた」国枝が警察の方を振り返って囁いた。「西之園さんがいたら、大喜びだ」

「あ、西之園さんなら、たった今、来ましたよ」山吹は言った。

国枝がこちらを向いて山吹を睨んだ。それから、ようやく加部谷恵美に目をとめた。山吹の後ろに隠れるようにして立っていたのだ。

「先生、おはようございます」加部谷が横に出て頭を下げる。

「どうして、ここにいる？」

「えっとぉ」加部谷は口に指を当てる。「あのぉ、それを、どう説明したら良いのか……」

「説明しなくていい」国枝はそう言うと、会話から離脱し、設備系の建物へ向かって歩き、そのままドアの中に消えた。

「ふえぇ、超ご機嫌斜めじゃないですか」加部谷が高い声で言った。「むっちゃ恐い……」

「国枝先生の機嫌って、ずっと水平だと思うけど」山吹は呟いた。

2

西之園萌絵《もえ》が構造系実験棟のロビィに入ると、階段を近藤が下りてきた。

「あ、どうもどうも」丸い顔が笑顔でいっぱいになる。殺人の捜査をしている人間とはとうてい思えない。「ああ、助かります、西之園さん」

「どうして助かるんですか?」西之園はお辞儀をしたあと尋ねた。その質問は、自分がいかに犀川化しているか自覚するのに充分だった。

「いえね、どうも不可解なことが多すぎるんですよ。まあ、それもありますし、そもそも、ここ、この場所ですよ」近藤は天井や壁を見回した。

西之園も建物を観察したが、特別なものは発見できない。比較的新しい構造物であることは明らか。彼女はこの施設は初めてだった。

「建築関係の研究所でしょう?」近藤は西之園に顔を近づける。「やっぱり、専門家にいてもらわないと……。特殊な設備がいっぱいありましてね」

「いえ、そんなに特殊なものはここにはないと思います。だいたい、建築なんて、先端技術はなにもありませんから」

「だけど、あっちの実験スペースなんか、もの凄いですよ。あれ、なんていうんですか、実物大の家があったりするんです。実物大でも模型ですか?」

「あの、殺人現場はどこですか? もうある程度、目星がついたのですか?」

「あ、二階ですけど」近藤は歩き始める。「いえ、ようやく、鑑識が出揃って、作業を始めたところですね。僕たちは、まあ、これから、関係者の話をぼちぼちきくことになります」

「不可解なことって、たとえば? そう、密室だったって聞いたんですけれど……」

「そうそう、ええ、そうなんですよ。ちょっと、ひと言では説明できませんが、とにかく、ええ、密室ですね、これは完全な密室でしょう」

「部屋に鍵が?」

「ええ、それもありますし、この建物自体もです」

階段を上がり、二階の通路を歩く。途中二箇所で角を曲がった。通路には窓は一つもなく、蛍光灯が天井の中央に並んでいた。紺色の制服の捜査員たちとすれ違う。奥へ行くほど、人数が多くなり、近藤の顔も険しくなった。西之園も若干緊張しつつあることを自覚する。

通路の突き当たりの部屋だ。鋼鉄製のドアに、小さな窓が開いていた。三十センチ四方ほどのガラスが塡《は》め込まれている。ドアの上には、《第二構造実験室》と表札があった。

「ここです」近藤がドアを開けるまえに言った。

彼は、西之園にも新しい手袋を手渡し、自分も手袋をはめた。「そろそろ遺体を搬出することになります。どうぞ、入って下さい」

西之園は頷く。近藤が開けたドアは、幅が広い。両開きで通路側へ開いた。

「このドアには鍵がかかっていました。警察が到着してから開けたんです」近藤が説明する。

「鍵は？」

「所長室にマスタがありました。別の棟ですけど……。この建物の関係者が使っていた鍵は、行方不明のようです」

「犯人が鍵をかけて逃走した、ということですね？」

「うーん、内側からならば、鍵がなくても施錠できます。レバーだけで」

「密室とはいいませんよ」

「いえ、あの……。あ、こちらへ」近藤はさらに部屋の奥へ導いた。

広い部屋である。数々の機器が設置されているため、障害物が多く、見通しは利かない。しかし、西之園が普段見慣れている構造実験室ほど大規模なものではなかった。おそらく模型の実験や、材料あるいは部材の測定を行う場所のようだ。窓はなく、壁にも棚が立ち並び、各種機器、その他のコンテナが沢山のっている。その上の壁や天井には配管が縦横に伸びていた。照明は充分に明るい。室温も適度でクリーンな感じがした。オイル臭いといったことはない。むしろ部屋がまだ新しいためか、若いコンクリートの微《かす》かな匂いがした。

無言で棚や機械の間を近藤について歩く。部屋の中央付近で、近藤は立ち止まった。右手にシートが被《かぶ》せられたものが床にあった。死体である。

「見ますか？」近藤がきいた。

「いえ」西之園は首をふった。「あとで、もし必要ならば」

さらに少し奥へ、今度は左手の棚の間にシート。

「この部屋では、二人です。ここで、この場所で撃たれたことは、まずまちがいありませんね。つまり、撃たれたあとに、ここへ運ばれたものではない、という意味です」

「前から撃たれていましたか？」

「ええ、たぶん、正面からです」

「どこを？」

「頭です」

「かなり近距離で？」

「それは、まだ、その、僕ではわかりません。だけど、この場所からして、そんなに遠くってことは、ありえないでしょう」近藤が左右を見た。

部屋は広いものの障害物が多い。被害者は二人とも見通しが利かない場所に倒れている。十メートルも離れた場所から撃ったとは考えにくい。

「かなりの腕前ですね」西之園は想像できいた。

「いや、それも、わかりません。何発撃ったかがわかりませんからね。それは、でも、調べれば判明します」

「昨日の夜、この建物には、誰もいなかったのですか？」

「十一時頃まで、一階に何人かいたそうです。でも、おそらく、それよりもあとだったのでしょう」

「亡くなった方は、ここの職員？」

「それが……、今のところわかっていません。何人かには見てもらったんですが、どうも、顔見知りではない。この建物に出入りしていた人間ではない、というようなことを、みんな言ってますね。まあ、人相が変わっているから、わからないかもしれませんけれど」

「それじゃあ、部外者が深夜にここへ入って、それで撃たれたということになりますね?」

「うーん、まあとりあえず、そうですね、今の状況では、そう考えるしかありません。あ、あとは、二人。そっちの奥の部屋です」

スティール棚が並んでいる突き当たりの壁にドアがあった。今は開いたままになっている。ドアの付近でカメラのフラッシュを光らせている係員がいた。

「このドアは施錠されていませんでした。準備室と呼ばれています。ロッカ・ルームみたいなものですかね」近藤が立ち止まって、西之園に説明した。それから、ドアから覗き込んで、中にいる男に尋ねた。「入っても良いですか?」

「ああ、いいけど、床以外は駄目。触らないように」部屋の中にいた年輩の男が立ち上がって答えた。「あ、西之園さん。どうも」彼女の方を見て、にっこりと頭を下げた。

西之園も軽く挨拶をした。顔は見覚えがあるが、名前は知らない。

準備室は、奥行きは八メートルほど。横は十メートルほどある。中央に幾つかテーブルが並び、左手の壁際にロッカ、反対側の壁にはスティールの戸棚。対面には打合せ用のホワイトボード、そして、スライド映写用のスクリーンのロールが天井から斜めにぶら下がっていた。折り畳みの椅子も沢山ある。二十人や三十人ならば、ちょっとした発表会ができそうだ。

　ホワイトボードの横に珍しく窓があった。しかし、ガラスの外には、ほとんど塞《ふさ》がれているように壁が迫っているため、風景はおろか、明かり採りにもならないほどだった。

　シートが被せられた死体は、ロッカの前と、反対側の戸棚の前にあった。この部屋はさきほどよりは見通しが良い。シートから投げ出された足の先だけが見えた。男性のものだ。かなり履き古された汚れた靴だった。

「そっちで、銃の弾が発見されています」近藤が指をさして言った。「被害者を貫通したあと、ロッカの金属板にめり込んだものです」

　彼は、そのロッカまで近づき穴を指で示した。小さな弾の痕跡がよくわかった。そのずっと下から、床の一帯には血が飛んだと思われる黒っぽい跡が残っていた。被害者はその延長線上に倒れている。一歩も歩けなかったようだ。

「酷いですね」西之園は呟いた。自然に片手を口に当てていた。

「え?」近藤がきょとんとした顔で振り返った。「ああ、ええまあ、たしかに、その、殺人はたいていどんなものでも、酷いですよ。だけど、損傷からいったら、交通事故よりはましです」

　そのとおりだ。殺し方に酷さの優劣があるわけでもない。西之園は、気分を切り換えるため、窓の方へ歩み寄った。

どうやら、窓を塞いでいるのは、隣の建物らしい。ガラス戸は閉まっていたが、鍵はかかっていないようだった。

「ここ、開けても良いですか？」彼女は尋ねた。

鑑識の男が西之園の顔を見て、無言で頷いた。

「あ、ええ……、そこ」近藤も近寄ってくる。「この窓も、きちんと閉まってはいましたけど、鍵がかかっていませんでした。だから、ここから外に、拳銃くらいならば、投げ捨てることができますね」

窓を開けて、顔を少し出してみたが、思ったよりもずっと隙間は狭い。建物どうしがもの凄く接近している。二十センチも開いていない。十五センチがせいぜいだろうか。人間がここから出ることは不可能である。下を覗いたが、暗くてよくわからない。

「銃はまだ見つかっていないんですね？」西之園は、下を覗き込んだままの姿勢で尋ねる。

「見つかっていません」近藤が言った。「捜索はこれからですけど」

窓を閉めて、西之園は近藤の方を向き直る。

「まず、四人が誰なのか」彼女は囁くように言った。

「それが、わからないと、話になりませんね」近藤は頷いた。「少なくとも、ここの人間ではないみたいですから、そうなると、どうしてここにいたのか、という……」

「とにかく、深夜に、五人で、この建物に侵入した」西之園は腕組みをする。「一人は、鍵を持っていた」

「そうです。つまり、その一人は、ここの関係者かもしれない」

「その人物が四人を撃って、また鍵を締めてから、逃走した」

「ええ」近藤は一度頷いた。「簡単に考えれば、そういうことになると、その、僕も最初思いました」

「違うんですか？」

「はい、なんというのか、えっと……」近藤は、小首を傾げ、顔をしかめた。「いろいろ不思議なことがありまして、頭の中でまだ充分に整理がついていないんですけど、その、まず一番の問題はですね、うーんと、この建物の出入口、非常に新しいセキュリティ・システムが導入されていて、その、鍵というのは、ICカードなんだそうですけど、それがなければ、絶対に開かないって、断言しています」

「絶対ということはないと思いますけど、まあでも、一般には、そうでしょうね。そのカードを持っていたんじゃないですか？」

「ええ、しかし、カードを使って開けたとしたらですね、ドアがいつ開いたのか、という記録が残るようになっています。それに、出入口にはすべてカメラがセットされていまして、二十四時間ビデオ映像が記録されているんですよ。警察が来て、すぐに録画を止めました。過去二十四時間以内は、すべて記録が残っているはずです」

「それじゃあ、出入りした人間がそこに映っていたのですね？」

「いいえ、まずざっと調べてもらったところでは……」近藤は首をふった。「まだ詳細には検証が必要ですが、少なくとも、昨夜の深夜に出入りした不審な記録はありません。ドアも開いていないんです」

「へえ……」西之園は目を細めた。不思議ではあるけれど、それは少し面白くなってきた、と彼女は感じた。「だから、密室だって、おっしゃったのですね」

「はい、ええまあ、そんなところです」

3

殺人現場の構造系実験棟を、西之園は近藤とともに見て回った。基本的に二階建てであるが、二階の床は、通常の建物の三階と同じ高さで、つまり一階の天井がとても高い。二階の天井も普通よりは少し高いようだから、建物の外見は四階建て以上の高さがあった。

まず、一階の大半は、大きな第一構造実験室である。このスペースは完全に吹き抜けで、この上部には二階はない。二階の通路から、キャットウォークに出られるようになっていた。

　実験室のほぼ中央には普通の二階建ての住宅がすっぽり一軒収まっている。それ自体が試験体なのだ。高い天井には、大がかりなクレーンの設備もある。採光のための窓が壁の高い位置にあって、排煙のため電動で開閉が可能であるが、開いた状態にしても金網（鳥の侵入を防ぐ目的らしい）があるため、人間の出入りは不可能だった。また、大きなシャッタがあり、中庭のヤードから大型トラックも実験室内へ入ることができる。このシャッタは、外部からは開けることはできない。当然ながら、セキュリティ・システムは、このシャッタも対象外ではなく、深夜にこれが開け閉めされた形跡は残っていなかった。

　一階のほかの部分は、倉庫や計測室や会議室などである。いずれも小さな部屋で窓はない。すぐ隣に隣接した構造系研究棟とは、通路が繋がっている。二つの建物は、西之園が窓から覗いたとおり、ほとんど一つの建物といっても良いほど接近している。実験棟がさきに建てられ、その後、研究棟が建て増しされたらしいが、構造的には、完全に独立して設計されているため、このように僅かに離して建設されたのだろう、と西之園は想像した。両建物を繋ぐ通路には、鋼製の大きな扉が両者の壁にあるため二重になる。セキュリティ・システムのカメラが常に監視しているので、玄関の出入口同様に、人間のアクセスがあれば記録されるが、昨日の深夜から今朝にかけて、ここが開閉され、人が通った記録は残っていなかった。話によれば、通常は、その経路はあまり使われず、表に一度出て、玄関を入ることの方が多いという。

実験棟の二階は、一階の第一実験室以外のスペースの上階にあり、おおよそ、建物の三分の一の面積になる。その大部分が第二実験室であり、残りがその奥にある準備室だった。四人の被害者のうち二人が第二実験室で、あと二人が準備室で発見されている。二階には、ほかに小さな倉庫が三つあった。残りは通路、トイレ、荷物用のエレベータ、機械室、そして階段スペースである。

階段で、屋上へ上がることもできる。屋上には、コンクリートや鉄骨の試験体が放置されていた。中庭側の端に小型クレーンが設置されていて、中庭のヤードから直接引き上げられるようになっている。

西之園と近藤は、建物から出て、外側も見て回った。再び中庭に戻ってきたとき、ようやく、死体の搬出作業が始まっていた。近藤は、一度建物の中へ消えて、二分ほどで戻ってきた。西之園は、鉄骨の部材が並ぶヤードを歩いて待っていた。

「やっぱり、まだ誰だかわからないそうです」近藤が報告した。「まいったなあ、被害者の身元がわからないってのが、一番困るんですよね」

「持ちものとかでも、わからないのですか？」

「ええ、ざっと調べたところでは、身元を示すようなものは、四人とも持っていませんでした。あ、そうそう、とにかく、歯がないんですよ」

「は？」西之園は立ち止まった。「歯？　歯ですか？」

「あ、ええ、そうなんです。びっくりしました。四人とも、歯がほとんど抜かれているようなんです。いやあ、ちょっと気持ちの悪い話なんで、言わない方が良いかなって思っていたんですけど」

「いえ、それは、かなり重要なことなんじゃないですか」

「うーん、どうかな。まあ、そう言われればそうですかね。でも、ようするに、猟奇殺人ってことですね。簡単に言っちゃえば」

「簡単すぎます」

「わけわかんないですよね」

「歯がないって、どういうことでしょう？　もともとなかったわけではありませんよね？」

「ええ、もちろんです。そんな、おじいさんではありません。見たところ、一番若い人が五十代かな。一番年輩の人が、まあ七十代でしょうか。とりあえず、全員が入れ歯だったって意味ではありません」

「殺されて、抜かれたの？」西之園は尋ねた。口にしただけで一瞬ぶるっと躰が震えるように感じた。

「そうです」近藤は頷いた。「たぶん、ですけれど。もちろん、詳しい検査はこれからですから、その結果を待たないとはっきりしたことはいえませんけど」

「抜かれたって……、たしかに、殺したあと、歯を抜いたんですか？」

「おそらく」近藤は小さく頷いた。一度目を閉じ、彼にしては最大級の真剣な表情になった。「死ぬまえに抜いたんじゃありません」

「どうやって？　四人ともですか？」

「どうやったのかは、よくわかりません。なにかの道具を使って、引っ張ったとしか……」近藤は僅かに顔をしかめた。「全員、四人ともです」

西之園は空を見上げた。明るいが、雲で覆われた曇天で、太陽は見えない。それでも、充分に眩しかった。頭の中で、ギアが切り換わったように感じた。自分ですぐに把握できないほど、数々の計算が同時に走った。すぐにそれらの結果が届く。しかし、いずれも、不能、あるいは不適切、といった答だった。僅かに三秒ほどの時間ではあったが、西之園はその間呼吸を止めていた。

「何のために？」彼女は呟いた。呼吸を再開し、小さな溜息になる。

「さあ」近藤は肩を少しだけ持ち上げる仕草。「まあ、なんというのか、普通の人間のやることではありませんね、それだけはいえると思いますけど」

もっともである。だが、それにしても……。

「抜いた歯は？　見つかっていますか？　抜いた道具は？」

「今のところ、それらしいものはいずれも発見されていません」

「それじゃあ、持ち帰ったということ？」

「わかりませんけど、その可能性が高いですね」

「どうして？」

「どうしてでしょう」近藤は口を開けたまま首をふった。「是非、その……、そのあたりで、西之園さんの慧眼《けいがん》を……」

「わからない……、全然、わからない」彼女は首をふった。

「いえ、今すぐでなくても」近藤は少し微笑んだ。「それに、犀川先生にも、お知恵を拝借できたら、なんて、あの、こちらとしても……」

「歯を抜いた？」西之園は呟きながら歩き出した。「どうして？　こんなところまで四人も連れてきて、派手に殺しておいて、歯を抜いた？」

「まあ、とにかく、一番大事なことはですね……」彼女に追いつき、近藤が話しかける。

「死んだ人が誰かをつきとめることです」西之園は早口で言った。

「そう、はい、そのとおりです」近藤は頷く。「三人は、着ているものが、かなり汚れていました。髪も洗っているようなふうではない。髭も伸びています。あまり整った身なりではありません。つまり、ちゃんとした仕事をしていたとは、どうも思えません」

「あとの一人は？」

「ほかの三人に比べると、少しはこぎれいでした。まあ、たまたま散髪にいったばかりだったかもしれませんが」

「その一人は、どこに倒れていた一人ですか？」

「奥の部屋。窓から遠い方です。歳は、そうですね、六十くらいかなぁ」

「所持品は？」

「いえ、それはありません。四人に共通しています」近藤は首をふった。「あの、西之園さん……」近藤は彼女に一歩近づいた。「実はですね、もう一点、お耳に入れておきたいことが」

「え、何ですか？」

「西之園さんに来ていただいた、その、一番の理由がこれなんですけれど……、あの、所持品がなかったと言いましたけれど、例外というか、一つだけ持っていたものがあるんですよ。いずれもポケットに入っていたもので、四人とも同じものを所持していました」

近藤は言葉を切って、西之園の顔をじっと見据えた。彼女は、一度瞬きをする。彼の言葉を待った。

「名刺ですかね。いや、名刺の大きさの紙、ですね。一枚持ってきています」近藤はポケットから、マジックでナンバが書かれた小さなビニル袋を取り出した。その中に名刺大の白いカードがある。「これです。何て読むんでしょう」

λに歯がない

その六文字が紙の中央に横書きで書かれていた。句点はない。活字である。おそらくプリンタで出力されたものだろう。

「僕、入れ歯がない、と最初読んだんですけど、《れ》じゃないですよね。《に》なんです。入るに歯がない、でもありません」

「これは《入る》という漢字ではなくて、《λ《ラムダ》》です。ギリシャ文字の」西之園は言った。それを口にするだけで背筋が寒くなった。

「ええ」近藤がゆっくりと頷いた。「形が微妙に違いますね。鑑識の人が気づいたんですけど」

西之園は考えた。その意味を。しかし、恐ろしさだけが彼女の躰を包み込んだ。思うように思考ができないほどだった。

「つまり……」彼女は気を取り直して、近藤とのコミュニケーションに復帰する。「これも、例の一連の？」

「まあ、よくはわかりませんけれど、いちおう、系列である可能性を疑ってかからないといけませんね。あるいは、それを偽装しようとしたものかもしれません。この頃、一部の週刊誌では、この疑惑が取り上げられていますからね。ああいうのって、どこから漏れるのか知りませんけれど」

「ちょっと待って下さい」西之園は額に片手を当てた。軽い頭痛がする。「ということは、拳銃で、自分たちを撃ち合った、という可能性がある、ということですか？　硝煙反応を調べれば、確かめられますね」

「はい、当然、調べますよ」近藤は頷く。「四人が集団で自殺をした、とお考えになったのでしょう？　一連の事件だとすると、たしかにそういった方向へも考えが及びます。ただ、しかし、拳銃がありませんので……」

「あの窓から外に投げ捨てた。それを外にいる誰かが持ち去った」額に当てた手は、今は彼女の両目を覆っていた。抑揚のない口調が自分でも不自然に思われた。

「はい、その可能性がたしかにありますね」近藤は答える。「それに、部屋へ四人を入れた者がいるはずです。ここの関係者である可能性も考えられます」

「その人物が、窓から投げられた拳銃を持ち去ったと？」

「いえ、わかりません。ただですね、窓に一番近い位置に倒れていた被害者に、それがはたしてできたかどうか……、それが争点になりますよね」

「即死かどうか？」

「銃を撃った位置は、弾が貫通していれば、ある程度明らかになります。その位置から歩いて窓まで行き、また戻った。自殺とはいえ、そんな行為が可能だとはちょっと考えられません。まして、それを計画的に行うというのも不自然です」

「銃に紐を結んでおく」西之園は顔から手を離し、大きな瞳で近藤を見据えた。

「紐？」

「窓の外に紐を出しておく。外にいる人物が、その紐の端を持っている。室内で自殺をしたあと、その紐で拳銃を回収するためです」

「どうして、そんなことを？」

「さあ」西之園は首を傾けた。「でも、それ、どうして自殺をしたのか、と同じ謎だと思います」

「そうですか？　あと、そもそも、どうしてこんな場所で自殺したのか、というのだって、大きな疑問です」

「紐を渡すためには、最初に、石かなにかを紐に結んで、窓から、壁に沿って投げないといけませんね。それとも、長い棒のようなもので、紐をたぐり寄せたか」

「できないこととは思いませんけれど、その努力がどう報われるのかっていうあたりが……」

「それから、その場合だと、歯を誰が抜いたのかが、問題になりますし」西之園が言った。

「あ……」近藤は口を開けた。「そうか。駄目じゃないですか」

西之園は微笑んだ。近藤も、それにつられて、口もとを緩める。

「外で拳銃をたぐり寄せた人物ではない」西之園は一瞬瞳を空の方へ向けた。「その人物がもう一度鍵を使って部屋の中に入ってきて、全員の歯を抜いた、ということはありえませんからね」

「どうしてです?」

「それをするつもりなら、拳銃を持ち出すのに、紐なんか使う必要がありません」

「うーん、そこだけは合理的に考えているわけですか?」

「当たり前ですよ。いくら普通の神経ではない、わけのわからない行動を取る、という人間であっても、それなりの道理はあるはずです」

「わかるような、わからないような……。あの、その人物でないとしたら、誰ですか? その人物も建物に入るカードを持っていることになりますけど」

「今の話はすべて、現状のデータからの想像です。もっと詳しい情報が得られれば、また違う仮説が導かれるはずです。大事なことは、現時点でも、物理的にまったく不可能な状態ではない、ということです。つまり不思議な点はない」

「不思議でいっぱいですよ」

「どうやったのか想像もできない、という状況ではありません。ただ、どうしてそんなことをしなければならなかったのか、は想像が難しいですね。うん、でも、普通の殺人事件でも同じかもしれません。どうしてそんなことをしなければならなかったのか、理解できますか？」

「西之園さん、犀川先生みたいですね」近藤が苦笑いした。

「あら……」彼女は頭を傾けた。

「あ、すみません」

「いえ、嬉しいわ」西之園はにっこりと微笑んだ。

近藤は現場の出入口を振り返り、それから左手の腕時計を見た。

「あ、では、僕、仕事に戻りますので。また、のちほど」

「国枝先生は、あちらですか？」

「ええ、あそこの、あの入口から入って、二階ですよ」近藤が指をさした。

「国枝先生たちに、今聞いたこと、お話ししても良いですか？」

「ええ、オフレコということを確認したうえでなら。もちろん、犀川先生にも……」

「犀川先生は、ここにはいませんよ」

4

西之園萌絵は、設備系研究棟の二階の一室に入った。国枝研究室のメンバが揃っている場所だ。国枝桃子助教授は、見るからに不機嫌だったが、しかし普段から見るからに不機嫌であるので、いつもの彼女といえる。加部谷恵美も窓際の椅子に座って、ジュースを片手に持っていた。

「長かったですね」加部谷が言った。「どんな話でした？　中、どうでした？　死体、見られたんですか？」

「国枝先生、大学へ戻られますか？」西之園は国枝に近づいた。「お送りしますよ」

「いえ、まだ、決めていない」国枝が答える。「何しにきたの？　貴女」

「山吹君に呼び出されたので」西之園は答える。

山吹が目を丸くしたまま固まった。国枝は、彼の方を見ようともしなかった。

李が、コンピュータの前でキーボードを打ち続けている。日本語を遮断できるのかもしれない。

西之園は、ここへ来てから得られた情報を整理して説明した。三分もかからなかった。流れるように言葉が続いたので、途中で、誰も口を挟まなかった。しかし、驚きはたちまち全員に広がった。どの顔の目も普段よりは見開かれた。西之園の話が終わったときに、最初に加部谷が高い声で言った。

「気持ち悪ですね、歯を抜くなんて」

「どうして？」国枝がすぐに尋ねた。

「どうしてって……」加部谷が絶句する。

ここで五秒ほど沈黙があった。

「λというの、本ものでしょうか」今度は山吹がきいた。

「本ものって？」西之園がきき返す。

「つまり、その、これも一連のシリーズの一つなのか、それとも、単に誰かがそれを装って利用しているだけなのか」

「これまでのものだって、本ものか偽ものかなんて、区別がつかないんじゃない？」西之園は言った。「だいいち、本ものがあるのかどうかだって怪しいよ」

「もし装っているのだとしたら」山吹が話す。「ちゃんとした殺人の動機というか、目的があって、それを隠すためにしていることになります」

「あ、そうかそうか」加部谷が声を上げる。「動機を隠すことで、自分が捜査から逃れようとしているわけですね。その手は桑名《くわな》の焼き蛤《はまぐり》ですよね」

また、五秒間ほど沈黙があった。

「あの、どうかしましたか？」加部谷が困った顔で周囲を見た。

「拳銃が見つかっていないのが、一番心配ですね」山吹は真面目な表情のまま言った。

「銃声、聞いてない？」西之園はきく。

「ええ、全然」山吹は首をふる。「あ、そもそも、どうして発覚したんですか？」

「あ、ホントだ。それ、聞いてなかった」西之園はすぐにバッグから携帯電話を取り出した。彼女は立ち上がって、部屋を出ていった。「もしもし、西之園です。お仕事中にすみません」という声が通路から聞こえる。

「ここにいても時間の無駄かな」山吹が小声で呟いた。「研究室に戻って、自分のことをしようかな」

「そうしな」国枝が一言。

「山吹さん、どうやって来たんです？」加部谷がきいた。

「バイク」

「海月君は？」

「バス」

「私も、大学へ行こうかなぁ」加部谷は時計を見た。「ここにいたら……、迷惑ですよね」

「迷惑というより、邪魔」国枝が、加部谷を見て一言。

「ええ、もちろん、最初から来るなっておっしゃりたいのは、はい、よくわかります。私ですね、西之園さんの家にたまたまいたのです。ここへどうしても来たかったわけではありません」

「先生も、大学へ戻りますか？」山吹がきく。

「実験を諦めるかどうか」国枝が、李の方へ視線を向けてから答える。「そうだね、いったん諦めて、出直すか」

李が顔をこちらへ向けた。

「プログラム、すぐ直ります」綺麗な発音の日本語で彼が言った。

西之園が部屋に戻ってくる。

「ネットの掲示板に書き込みがあって、それを読んだ人が警察に通報したんだって」彼女は椅子に座るまえに話した。「ここの建物で人が死んでいるから、至急誰か知らせてくれっていう書き込み。でも、誰が書き込んだのかはわからない。通報した人は、誰かわかっていて、関東の人だって。T建設の人は、誰もそんな書き込みには心当たりはないって言っているらしいから、となると、事実を知っていた、というのは、犯人自身か、犯人の知り合い、という可能性が高いことになる」

「凄い。犯人が警察に連絡させるために、わざと書き込みをしたということですね？」

加部谷がきいた。「そんな人間がインターネットをしているのが、凄いじゃないですか」

「掲示板かぁ、電話とかじゃなくて」山吹が呟く。「やっぱり、この一連の関係っぽいなあ、ネットでというあたりが」

「でも、今どき、もう、ネットなんて当たり前かもですよ」加部谷が言った。「少なくとも若い世代だったら、できない人はいないと思いますし、そろそろ、上の世代にも普及しているでしょう?」

「殺された人たちが、わりと年輩者だったというのは、少しいつもと違っている気がする」山吹が言った。「えっと、あまり、今までなかったですよね?」

「たぶん、マスコミは、歯がないという点を強調して報道するでしょうね」西之園が言った。「だから、それを見越している、としか思えない。宣伝効果を狙った」

「何の宣伝ですか?」加部谷がきく。

「つまり、こんな活動が行われている、ということのPR」西之園は椅子に腰掛け、脚を組んだ。「恐いでしょう? 少しずつだけれど、私もだんだん恐くなってきた。先生は、どう思われます?」

突然、西之園は国枝の方へ顔を向ける。

「わけがわからない」国枝が即答した。

「わけがわからないからこそ、恐いんですよ」西之園が頷く。「沢山の人たちに恐怖を味わわせようとしている。そんなふうに私は感じます。一種の精神的なテロといって良いのではないでしょうか？　海月君はどう思う？」

海月及介は壁に肩をつけ黙って立っていた。西之園に突然指名されて、こちらへ目を向ける。表情は変わらないが、驚いていることは確かだった。

「全体がまだ見えません」彼が答えた。

「うん、良い返答ね」西之園が微笑む。「今回の事件に関しては、今のところ情報が全然足りない。調べればわかることがある程度はあるし、それが出揃うのは、また明日か明後日……。さて、ということで、今日はここまでにしましょうか？　なにか話し足りないことがある？」

西之園は膝の上に両手を置き、姿勢を正した。それから、腰を少しだけ浮かせる。

「国枝先生、大学へ帰られますか？」

「帰る」国枝は頷いた。

西之園のその質問は、最初にこの部屋へ来たときと同じものだった。国枝が、この短い間に決断したことになる。事件の話を聞こうとした、という国枝の姿勢が窺《うかが》える。山吹は黙っていたが、そう評価した。

第2章　懲りない三人

「なあ、おまえはそんなみじめな無宿者よりもっとましなものになれただろうに」と彼はゆっくり言った。「ほんとに気の毒なことだよ。なあ、クヌルプ、わしはたしかに信心家じゃないが、聖書に書いてあることは信じている。おまえもそれは考えておかなきゃいけないよ。責任を負わなきゃならないが、それがそうたやすくはゆくまいて。おまえは才能を持っていた。ほかの人たちよりまさった才能を持っていたのに、何にもなれなかった。こんなことを言ったからって、怒っちゃいけないよ」

1

事件が発生したのは金曜日の未明だった。夕方のテレビや新聞で、この事件は大きく取り上げられたが、それは、四人も同時に殺されていたこと、四人とも身元が判明していないこと、そして、一見まったく無関係に見える殺人現場、さらに、殺されたあとに歯を抜かれていたことなど、前代未聞の特殊性によるものであることはまちがいなかった。

この日の夕方六時頃。加部谷恵美と山吹早月は、C大学の国枝研究室に戻っていた。殺人現場では、国枝と西之園が去ったあと、山吹たちは警察から簡単な事情聴取を受けた。顔見知りの近藤ではなく、もっと年輩の恐そうな顔の刑事たちだった。けれど、事件に関連して話せるような内容はまったくなかった。同じ敷地内とはいえ、五十メートルも離れた場所にいたわけで、不審な音さえ聞いていなかった。銃声でも、密閉された室内で発射された場合は、聞こえないものだろうか。

警察の質問の多くは、山吹たちが何をしていたのか、というものだった。測定のリーダは李であるが、彼は留学生だ。そのため、山吹が代わって、実験の大まかな内容を話した。一番なるほどと思った刑事の質問は、「測定中は静かなのですか?」というものだった。実は、静かではなかった。測定器や実験機器はファンの音くらいしか立てないが、彼らは、FMラジオをつけたまま測定を行っていた。それが午前三時頃まで続いた。測定はそこで一旦終了し、そのあと、李はパソコンを使ってデータ整理を始めた。彼は自分のノートパソコンにイヤフォンをつないで音楽を聴きながらその作業をしていた。山吹はすぐに眠ってしまった。海月はしばらくは本を読んでいたが、やはりじきに眠ったという。もし、外の音に気づくとすれば、ラジオを消したあと、つまり、海月が本を読んでいるときくらいかもしれない。時刻でいえば三時から四時の間だろう。事件の発生時刻については、警察は幅を持たせて取り扱っているらしく、それ以上につっこんだ質問はなかった。

大学に戻ってから、生協で食事をしようと思ったが、ちょうど混雑している時間帯だったので、もう少しあとにしようと、引き返してきた。研究室に戻ると、西之園萌絵がいて、ここでまた彼女から事件に関する新たな情報がもたらされた。

まず、正式な検査結果ではないものの、死亡推定時刻は午前一時から三時頃までらしい。また、被害者のうちの二名については、それらしい人物を見た、という証言が得られている。T建設技研の守衛の一人が、昨日の夕方頃、五十代か六十代の男が二人、ゲートの近くの花壇に腰掛けて話をしているところを見ていた。服装は季節外れのもので、薄汚れていた。どう見ても浮浪者ふうだった。注意をしようかと守衛小屋から出ていくと、それに気づいて立ち去った。といった証言である。そのときの服装が殺されていた四人のうちの二人と似ているようだ、とも話しているらしい。ちなみに、この守衛はその後交代して、夜は現場にはいなかった。

守衛小屋には二十四時間、守衛がいる。しかし、ゲートの横の通用門はいつでも通ることができる。そこを通る人間をずっとチェックしているわけではない。守衛に気づかれずに敷地内に入ることは容易《たやす》い。それは、山吹たちにもわかっていた。夜、コンビニへ買いものに出たことが幾度かあったが、守衛がこちらを見ている様子はなかったからだ。

拳銃の弾は、第二実験室とその準備室の中ですべて発見された。見つかったのは、今のところ四発だけであり、四人の被害者はいずれも頭部に一発ずつの銃弾を受けている。ほかに弾が見つからなければ、四人とも一撃で殺されていることになる。二人はほぼ正面から後頭部へ、あとの二人は側頭部から反対側へ弾が貫通しており、被害者が倒れていた位置の近くでそれぞれ弾が発見されている。撃たれてその場で倒れたことはまずまちがいない。ほぼ即死に近い状況である。拳銃は軍用の大口径タイプのもので、比較的近距離から発射されているものと推定される。守衛小屋にいた守衛、隣接する研究棟にいた職員、山吹たちを含め、敷地内のほかの建物にいた数名の者たち、あるいは、敷地外の住宅などでも、銃声を聞いたという証言は得られていない。拳銃に消音器が取り付けられていた可能性もある、と警察では考えている。

拳銃はまだ発見されていない。建物の中も、また、敷地内も、さらには周辺地域に対しても捜査が続いている。

殺人現場となった構造系実験棟の出入口のセキュリティ・システムには異状はなく、

「え？」加部谷にはわからない。

「ほら、英語のVを上下逆さまにしたやつだよ」山吹が答えた。

「見たことない、そんなの」加部谷が首をふった。「あれは、Aなんじゃないの？」

「ハイペロン」海月が言った。

「は？」加部谷が口を開ける。「ハイ、ペロン？　薬の名前？」

「素粒子物理学の」海月がつけ加える。「大文字のΛが」

「ああ、素粒子物理学かぁ」加部谷は頷いてみせた。「何なんですか、それは？」もう一度口を尖らせる。「まあ、そういうのがこの世に存在しても、私は別にかまいませんけどね」

「そういうんじゃないよね。ちょっと違うなあ」山吹が言った。

「いや、だいぶ違いますよ」加部谷はつっこんだ。

「ただの象徴？」山吹は、加部谷を無視して続ける。「それとも偶像かな。うーん、とにかく、普通じゃないベクトルの意志が作用しているって感じじゃないかな」

「またまた難しいことを言いますね」加部谷は首を捻《ひね》る。「あの、じゃあ、λはやめましょう、えっと、歯はどうですか？　歯がない、歯がない、で、なにかのメッセージだって可能性はないですかね」

「人生ははかない、みたいな？」山吹が真面目な顔で言った。

「そんな駄洒落《だじゃれ》を言うために、普通四人も殺さないでしょう？」

「いやぁ、どうかな、どんな理由であっても、普通は一人も殺さないわけだから、異常さでいったら、同じだよ」

「うーん、順当に考えられるところでは、まあ、そうですね、歯のコレクタだったとか？」

「そっちの方がずっと異常じゃないかな」

「この歯は珍しいぞ、みたいな。人の歯を見て、お、あなた、ええ歯をしてまんな、みたいな」加部谷はそこで言葉を切ったが、山吹は口を真一文字にしたまま黙っている。海月はもともと真一文字である。「あれ、なんか引いてますね。お話しして下さいよう。眠いんですか？」

「もっと、順当な可能性を聞くまで、黙っていたい気分」山吹がぼそっと言った。

「じゃあですね、待ってて下さいよ。うーんと、たとえば、そうですね、歯の中に機密情報のマイクロフィルムが仕込んであって、四人のうち誰かが持っているはずだ、ということしかわからなかったんですね。それで、もう面倒だから、みんな殺して、みんな歯を抜いてしまえって」

「ほかには？」山吹が涼しい顔で言った。

「あれ、駄目ですか？」

「カーン」

「のど自慢？　え、どうしてどうして？」

「そんな機密情報、今どきマイクロフィルムになんかしないよ。時代錯誤」

「私、マイクロフィルムってのが、いまいちわからないんですよね」

「今ひとつ」山吹が言い直す。

「うーんと、まあ、口をきいてもらえただけでも感謝ですね。待って下さいよ、今に凄いのを考えつきますからねぇ。加部谷が思考の総力を結集して謎を解いてみせますからねぇ」

十秒間の沈黙。その間、山吹はお茶をすすり、海月は文庫本に視線を落としていた。

「あ、わかった！」加部谷は立ち上がった。しかし、そこでにっこりと笑う。「という振りをしてみましたけど……」

山吹が投げかけていた冷たい視線が、さらに氷柱《つらら》のように鋭くなり、彼女を突き通した。

「うーんと、なんか、軽蔑混じってますよね。軽蔑を水で溶いて、掻き混ぜて、これを飲め、俺の軽蔑が飲めないのか、みたいな」

「一番可能性として考えられるのは、やっぱり、殺された人物の特定を困難にさせる、という効果じゃないかな」山吹が淡々と話した。感情を押し殺したような話し方である。「たとえば、首を切って持ち去るとか、顔面を潰《つぶ》してしまうとか、死体ごと燃やしてしまうとか、そういうのに近い行為かもしれない。なにしろ、四人の頭を切って持ち去るのって、けっこう大変だから」

「歯で人物が特定できる以前に、顔見たら、誰だか普通わかってしまうんじゃないですか?」

「いや、ほとんど人づき合いがなくて、顔写真を撮らせるような機会もない、そういう人物だったら、記録として残っているのって、たとえば、歯の治療をしていたら、それくらいじゃないかなって」

「うーん、四人ともですか? でも、まさか、そんなことのために、わざわざしますか?」

「もちろん、そうなんだ。もし身元を明かしたくないならば、そもそも、あんな場所で殺さない。もっと山奥でやるよね。だから、今のは、単に、加部谷さんが考えていたことに対して、こんな現実的な方向もあるよっていう意味で言っただけ」

「なんだ……」

「本当は、全然そんな合理的な理由があるとは、僕には思えない。なんというか、単なる宣伝効果を狙ったスタンドプレィみたいなものじゃないかって」

「スタンドプレィ?」

「インパクトがあることは確かだよね。ニュースでも大きく取り上げられるし、大勢の人の印象にも残る。そういう効果を狙ったものだと思うよ」

「それじゃあ、絶対にああしなければならなかった必然性はない、ということですか？」

「ある意味では、そうだね」山吹は簡単に頷いた。「それが、常識的な判断だと思う」

「常識的でない行為に対して、常識的な判断をしても、駄目なんじゃないですか？」

「自分で言っていることの意味、わかってる？」

「いえ、ごめんなさい、勢いで言いました」加部谷は俯《うつむ》くが、すぐに笑顔になって顔を上げた。「だから、λとか、歯とか、そんな犯人がこれ見よがしに残したメッセージじゃないものに注目すべきなんですよ」

「たとえば？」

「うーんと、待って下さいよう、言っておいてから、即座に考えるタイプなんですから、そんなに、すぐには出てきませんけれど……」

「客観的に見て、最も不思議なのは、λや歯ではない。それは主観的な不思議で、単に作られたものだと思う。客観的な不思議は、出入口の記録じゃないかな」

「そうそうそうそう、それを今まさに言おうと思っていたんですよ。ちょっと、喉につっかえて出てこなかっただけです」加部谷は大きく息を吸った。「つまりあれは、どういうことなんでしょう？　本当に四人がそこを出入りしなかったとしたら、もっとずっと以前から、あの建物の中に隠れていたっていうことになりませんか？」

「その可能性もあるよね」山吹は頷いた。

「え？　ほかの可能性もあります？」

「うん、まずは、セキュリティ・システム自体を疑うべきじゃないかな。プログラム上、どこかに盲点があったかもしれない。あるいは、管理されていないアクセス経路が存在するかもしれない。そういうの全部含めての意味だけれど」

「そうですね、それとも、記録をあとで改竄《かいざん》したとか」

「それはちょっと難しい気がするな。そんなことをしたら、よけいに痕跡が残ってしまう危険が大きいと思うよ」

「そういうものですか？」

「いや、わからないけれど……」

「じゃあ、ひとまず、セキュリティ・システムが正常に作動していたと信じることにして……」加部谷は考えながら話した。「そうなると、被害者の四人は、やっぱり、かなり早い段階で建物の中に入っていたことになりますよね」

「どうやって？　夜じゃなくても、いつでも、セキュリティ・システムは作動しているはずだよ」

「たとえば、実験室のシャッタが開いているときとかに……」

「そんなときは、誰かいるんじゃないのかな。四人も知らない人間が入ってきたら、ゲートの守衛だって気づく可能性が高い。それから、その四人が建物の中で、どこかにずっと潜《ひそ》んでいたことになるよね。ちょっと考えにくいんだけれど」

「うーんと、それはですね、大きな荷物がトラックで運ばれてきたわけですよ。その荷物の中に四人が潜んでいたんですよ。それが、ずっと実験室に置いてあったとかです。その荷中は、ちゃんと生活ができる設備があったりして」

「まあ、それだったら、痕跡が残るから、あとで調べたらわかるよね。でもさ、四人はそれで良いけれど、四人を殺した人間は、どうしたわけ？　一緒に箱に入って、つまり五人でやってきたの？」

「それは……、そうですね、それしかありませんね」

「どうやって出ていったの？」

「それは、その、やっぱり、また箱の中に戻ったんですよ」

「あ、そう……。じゃあ、今も、実験室にある箱の中に、殺人犯が拳銃を持って潜んでいるわけだ」

「うーん、だって、そうなっちゃうじゃないですか。私のせいじゃありませんからね」

「うん、物理的な可能性を考えると、そういうのもありかもしれないけれど」

「あの、山吹さんは、どう考えているんですか?」

「いや……」山吹は五センチほど顔を引いて、首をふった。「僕はなにも考えていない。考えるよりも、可能性を一つずつ当たって、実際に調べていくしかないよ、こういうのは。だから、それを警察が今やっているんだと思う。データが出揃わないうちに、あれこれ無理に考えてもしかたがないよね」

「だけど、ついつい考えちゃうじゃないですか。考えるのが楽しいから」

「うん、まあ、それは自由だと思うよ。ただ、警察の捜査は、楽しいからやっているわけじゃないし」

「すっごい正論ですね、それ」加部谷は溜息をついた。「あぁあ、西之園さんだったら、もう少し面白い議論になったかもなのに……」

2

N大学のキャンパス。どの窓にも例外なく明かりが灯っている。金曜日の夜は、ほんの僅かに開放的かもしれない。さあ、これから研究ができる、という空気が漂《ただよ》っている。普通の空気よりも、少し自由で、少しお洒落な香りがするものだ。

犀川助教授の部屋に、西之園萌絵はノックをしてから入った。しかし、室内に犀川の姿はない。鍵がかかっていないのだから、すぐに戻ってくるだろう。この頃は、会議ならば鍵をかけて出ていくはず。

いや、待てよ……。時計を見た。約束をした時刻ジャストである。今十秒過ぎたところだった。もしかして、遅れる可能性があるものの、彼女との約束のことを意識して鍵を開けておいたのだろうか。

西之園自身のデスクは、院生室にちゃんとある。だから、犀川が不在でドアが開かなくても、そこへ戻って待っていればすむことだ。わざわざ鍵を開けておいたのは、中で待っていてほしい、あるいは、なんらかのメッセージが中にある、という意味だろう。

そう考えてデスクに接近。光学マウスがあったので、それに軽く触れる。一瞬だけ赤く光った。やや遅れて、ディスプレィが明るくなり、エディタのウィンドウが一番手前に現れた。

デニーズへ行く。

そう書いてあった。もしかして、これがメッセージ?

電話が鳴った。自分の携帯ではない。犀川のデスクの電話である。出るべきかどうか、一秒間迷った。しかし、自分は犀川研究室の院生なのだから、電話番をするくらいのことはあってもおかしくない。その判断で受話器を手に取った。

「はい、犀川研究室です」

「あ、西之園君、ディスプレィ、見た？」犀川の声だ。

「はい、たった今」

「そういうことだから」

「そちらへ行けばよろしいのですね？」

「そうだよ」

「どうしたんですか、酔っ払っているのですか？」

「いや、そんなことはない」

「そうですか、失礼しました。じゃあ、すぐに行きますので」彼女は受話器を耳から一度離す。しかし、ききたいことを思いついた。「あ……、先生」

もう電話が切れていた。

どうして、自分の携帯へ電話をくれなかったのか、とききたかったのだ。しかし、おそらく犀川は自分の携帯電話を家に忘れてきたのだろう。西之園が認知しているだけでも過去に六回の事例がある。携帯を忘れると、彼女の携帯へは電話がかけられないのだ。電話番号くらい記憶すれば良いのに、と既に四回も訴えたが、今のところ犀川の頭脳には西之園の携帯のナンバはインプットされていないようだった。

すぐに駐車場へ引き返して車に乗り込んだ。院生室の自分のデスクへ寄ってメールを読んでも良かったのだが、一分でも時間が惜しいと感じたので、階段を駆け下りてきた。ところが、キャンパスからメインストリートへ出た頃には、犀川がどうしてデニーズにいるのか、その理由が薄々予想できた。それは、彼女にとっては残念な方向ではある。何故なら、犀川とは今夜、夕食の約束をしていたからだ、二人だけで。デニーズなどではなく、郊外にあるイタリアンのレストランへ行くつもりだった。予約の電話も既に入れてあった。

デニーズの駐車場へ車を乗り入れると、思ったとおり、見慣れた黒のＢＭＷがあった。もう絶望的である。

店に入り、犀川がいるテーブルを見つけて、彼女は歩み寄る。途中で自分の笑顔をプログラミングした。

「こんばんは、喜多《きた》先生」西之園は頭を下げる。

「お久しぶり」犀川の対面に座っていた喜多助教授が清々《すがすが》しい笑顔で言った。

喜多は、犀川の親友で、土木工学科の助教授である。たぶん、委員会か、それとも建築と土木の合同教室会議があったのだろう。そのあと、喜多が犀川を誘った。それ以外のパターンは考えられない。今日は西之園君が来るから、と犀川はきっと言わない。黙って、コンピュータにメッセージを書き込み、部屋の鍵も締めずに出たのである。そこまで、だいたいの粗筋《あらすじ》が読めたので、彼女はなにもきかないことにした。黙って犀川の横に座り、最上の笑顔を犀川に向けることに集中した。

「ここで、お食事をされるのですか?」

テーブルには、犀川の前にコーヒー、喜多の前には背の高いグラス。中身は既に泡だけになったビール。

「いや、そういうわけじゃないよ」犀川はそう言いながら、喜多を一瞥《いちべつ》した。「食事は、まだ……」

「良かった」

「部屋の鍵もかけてこなかったし」

「俺、もうすぐ帰るし」喜多が笑いながら言った。

ウェイトレスが注文を取りにきたので、西之園はホットのカフェオレを頼んだ。

「どんなお話をされていたのかしら?」彼女は喜多にきいた。

「いや、非常につまらない話題に終始した」喜多は口を斜めにした。「楽しい話はまったくなし。西之園さんが来てくれて、ぱっと明るくなったよ。ああ、ホント、この頃、いらいらすることばかりで、いけないいけない。なんか、面白い話ある?」

「あります」西之園は頷く。「今日、もの凄い事件が起こったんです」

「あ、もしかして、ニュースでやっていた、あれかな?」喜多がきいた。「T建設の……」

「はい、そうです」

「さすが、西之園さん、早いね、詳しく知っている？」

「現場を見てきました」

「へえ、そう……」喜多が目を見開いた。

「死体もまだありました」

犀川が驚いた顔を西之園に一瞬向けた。もちろん、それが驚いた顔であると認識できるのは、世界でも西之園と喜多の二人くらいだろう。

「殺されていたのが、誰なのか、もうわかったのかな？」喜多がきいた。

「いいえ」西之園は首をふる。「あ、あの、先生は……」彼女は隣の犀川の顔を見た。

「ご存じじゃあ、ありませんよね」

「T建設なら知っているけど」犀川は無表情のままだ。

喜多は研究室でテレビを見たのだろうか。しかし、T建設の技研は、建築学科や土木工学科の人間であれば、一度は行ったことがあるにちがいない。N大に一番近い大手建設会社の技術研究所だからだ。

「構造実験室で殺人事件があったんだよ」喜多は犀川に説明した。ということは、今まではこの話題が二人の間で一度も上がらなかったことになる。優先順位が低い証拠といえるだろう。

「説明しましょうか？」西之園は犀川の顔を窺った。

犀川は否定しなかったので、彼女は、自分の知っていることを、一点だけを除いてすべて話した。途中でウェイトレスがカフェオレを持ってきたが、そのための中断が約二十秒。説明は一分四十秒ほどで終わった。

「あそこの実験室なら、何度か行ったことがあるよ」喜多が話した。「建物は、できてまだ十年くらいじゃないかな。隣の研究棟がそのあとにできた。けっこう凝《こ》った構造なんだ」

「知ってる」犀川がひと言。「工事をしているときにも、一度見にいったし」

「セキュリティ・システムが正常だったかどうかによりますけど、もし出入りがなかったとしたら、ちょっと不思議だと思いませんか？」西之園は犀川を見て、次に視線を喜多へ移した。

「ドアはすべて、少しでも開けば、センサが感知するようになっていたと思う」喜多が言った。「もちろん、記録が残る。ドアは、全部で、えっと、三つかな。シャッタを除いてだ。一つは、隣の建物と繋がっていて、もう一つは……」

「裏口があるのですね？」西之園は尋ねた。

「うん、一階の実験室の準備室かな。裏側へ出るドアがある」喜多は煙草に火をつけながら話した。「そこももちろん、セキュリティが効いているはずだよ。あと、窓は、どうだったか、よく知らないけれど」

「一発で人の頭部を狙えるというのは、相当、銃に慣れている人間です」西之園は話題を変えた。「普通の人ではとても真似ができません。それから、これはオフレコなんですけれど、いえ、そのわりに、犀川先生には是非ともお伝えするようにって念を押されてきましたけれど、その、四人の被害者のポケットに名刺くらいのカードが入っていて、そこにですね、《λに歯がない》と書かれていたんです。プリンタで書かれた活字でした。ラムダというのは、ギリシャ文字の小文字のλです」

「へえ……」喜多が煙を吐く。「λね……、歯がない。ふうん、それで、実際にも歯がなかったわけか」

「死後に抜かれたものだって言ったけれど、どんな道具を使ったのかな」珍しく犀川が質問をした。

「それらしい道具は現場にはないそうです。ヤットコというのか、ペンチみたいなものだと思いますけれど」西之園はそれを話しているうちに顔をしかめてしまった。「ああ、すみません。話すだけで、なんだか気持ちが悪くなりますね」

「おや、それはまた、西之園さんらしくないね」喜多が微笑んだ。「いや、そっちの方がむしろ正常だけれど」

「私が異常だとおっしゃりたいのですか？」

「まあまあまあ」喜多が笑って片手を広げる。

「犯人が殺したあとに、被害者のポケットに入れたとしか思えませんよね」彼女は話を即座に戻した。

「なんていうか、あまりにも常軌を逸している。普通じゃなさすぎるというか、不合理なことが多すぎるな」喜多が言った。「まず、場所が変だしね。あんな場所でやらなくても良さそうなものだ。それから、四人も同時に殺すっていうのも、危険すぎる。別々に殺した方がずっと簡単なはずだ」

「その点は、私も考えましたけれど、一人ずつだと、かえって逃げられてしまう、というような関係だったかもしれません」

「どういう関係？　それ」

「わかりません。第二実験室で、二人が倒れていました。たぶん、あとの二人は奥へ逃げ込んだのだと思います。それを追っていって、奥の準備室であと二人を撃ったわけです。でも、少なくとも、そこへ来るまでは、撃たれるなんて考えてもいなかったはずですよね。なにか、別の目的でそこへ来た」

「一番不合理なのは、四人の歯を抜いたってことだな」喜多が言う。「まあ、理由なんてないかもしれない。不条理すぎる」

「現場がほぼ完璧な密室だという点も不条理です」西之園は指摘した。「侵入経路はもちろんですけれど、殺人犯がどうやって建物から出ていったのか……、今のところ、可能性さえ見出せない状況ですね」

「建物のどこかに隠れているとか？」喜多は言った。天井を見上げたので、おそらくそんな隠れ場所を連想したのだろう。

「それよりも、λというギリシャ文字が使われていたのは、やっぱり一連の事件がらみですよね？」西之園は横の犀川を見た。

「一連？」犀川はきき返す。

「ええ」西之園は頷いた。それには呼び名がまだない。

過去にもギリシャ文字を冠した不思議な一文に、自殺者が集《つど》う、といったような不可解な事件が起こっている。一連といっても、文字以外に明確な共通点を見出すことは難しい。唯一あるとすれば、インターネットが発信源であったらしいこと。一部であるが、それだけがわかっている。もしかして今回も、ネット上で人が集められたのだろうか。

《λに歯がない》というキーワードによって、見知らぬ人間が集まり、その四人があそこで殺された、というストーリィがなんとなくイメージできる。しかし、自殺ではない、射殺されたのだ。拳銃を人に向けて発射した人物がいるのである。

「自殺ではありません。明らかに他殺です」西之園は話した。「ただ、もしも、一連の事件に関連があるならば、被害者は自殺をしたがっていた人かもしれません。変な言い方になりますけれど、殺されたいという意志を持った人間だったかもしれない、ということです。そうなると、普通の被害者とはまったく行動が違ってきますよね」

「殺人犯に協力をするということ?」喜多が言った。「だけど、西之園さん、さっきは、二人は奥へ逃げたって言ったじゃないか」

「ええ、もちろん、私もいろいろなケースを想像しているだけです。それに、たとえ撃たれたいと決心して、そこまでついてきた人間であっても、いざ目の前で人が撃たれるのを見たら、恐くなって逃げ出すことはあるかもしれません。生きものの本能として、もう無意識に……。ね、先生?」犀川の方を向く。

「え? あ、うん」彼は小さく頷いた。

「お聞きになっていらっしゃいました?」

「聞こえてくるからね」

「なにか、お考えはありませんか?」西之園はここで微笑んだ。本能的にではないか、と自覚しつつ。「少しは考えておかないと、そのうち、近藤さんが訪ねてきますよ、ええ、きっと。今回は、今までよりも、ずっと専門に近いと、向こうは思っていますから」

「どうして？」

「場所が、建築関係の研究所だからです」

「それだけ？」

「ええ」西之園は頷いた。吹き出しそうになったのを、必死で堪《こら》えた。「そんなことを言ったら、今までの事件だって、現場は日本だった、とかおっしゃりたいのでしょう？」

「いや、たしかに、建築関係ではあるな、と思った」

「まあ……」彼女は少し驚く。「素直ですね」

「うん」

喜多がくすくすと笑いだす。

「ああ、面白いね、久しぶりに心が温まったよ」彼は煙草で灰皿を叩く。「でも、分野としては、犀川よりは、僕の方がずっと近い」

「あ、そうか、そうですね」西之園は喜多を見る。「特殊な実験装置とか、沢山ありますけれど、そのうちのどれかを利用して、あの密室が作れる、なんて、ありそうですか？」

「いや」喜多は首をふった。「そんな特殊な装置を駆使しなくても、密室くらい、作ることはそんなに難しくないよ。実験室のシャッタだって電動だし、ドアの施錠も電子ロックだし。セキュリティ・システムだって、単なるプログラムだ」

「それは、具体的には、どういうことですか？」

「機械的な鍵は、それと形が同じものを正確にコピィすれば、鍵を開けることができる。ただ、それを作るためには、見本となる形がわかっていなくちゃいけないし、さらに加工技術を持っていなくちゃいけない。逆に、それさえあれば、鍵のコピィは簡単に作ることができる。特殊な技術ではあるけれど、不可能ではない」喜多は、灰皿で煙草を揉み消した。「同様に、カードを使ったシステムも、もちろん、鍵がある。それに、プログラムで動いている。たとえば、そのシステムを設計した人物ならば、人に知られずに鍵を開ける方法を組み込めるし、なにもしなくても、そういった方法が存在するかもしれない。当人ならば、それを知っているだろう」

「うーん、でも、痕跡が残りませんか？」

「そう、それを痕跡と見なせる技術力があれば」

「あそこは研究所なんですから、一流のエンジニアが沢山いるわけですよね。だから、その方面の専門家がいてもおかしくない、ということですか？」

「いや、建築、土木のエンジニアは、方向性が違う。まったく畑が違うといって良いね。だから、無理だと思う。ただ、例外的に、測定器や制御関連のプログラムを組む人間が少数だけれどいるはずだ。情報畑の人がね。もちろん、だからといって、セキュリティ・システムを必ずどうこうできるとは思わない。なんというのか、それよりも、あそこを作ったときに……」

「そうそう」犀川が煙草を取り出しながらひと言だけ呟いた。

「え、何が、そうそうなんですか？」すかさず、西之園が尋ねる。

「喜多が話すよ」犀川は西之園の視線を対面の友人の方へ転送した。

西之園は喜多を見る。

「僕でごめん」喜多は顎に片手をやる。「つまりね、あの実験棟を作ったときに、新しいシステムとして、試験的に導入したと思うんだ。建設会社の技研ともなると、自分たちの建物を造るときには、もう格好の機会なんだから、新しい構造、新しい工法、新しい設備、とにかく新しい技術やシステムをいろいろ積極的に導入して、その後も、それらの機能が期待どおりに発揮されるかどうかを確認する。いわば実大実験だね。ようするに、そのセキュリティ・システムも最新のものが使われて、あそこの技術者が関わったはずだ」

「仕組みを理解している人間がいるだろう、という意味ですか？」

「あるいは、そのシステムの開発そのものに関わったかもしれない」喜多は言った。

「なるほど」西之園はちらりと犀川の顔を見た。彼はカップを片手に持って、窓の外へ顔を向けていた。

3

　こちらもファミリィ・レストラン。C大に近いロイヤルホストの店内。時刻は七時である。U字形のシートの一番奥に山吹早月、彼の右に海月及介、左に加部谷恵美が座っている。三人とも、もう食事を済ませ、テーブルには飲みものしかない。生協ではなく、こうしてレストランにやってくることは、彼らにとって、日常よりも多少ゴージャスでスペシャルなイベントであるが、一ヵ月に一度くらいはこんな機会があった。最初に提案するのは、加部谷が七、山吹が三、海月がゼロ、といった比率である。

　その後に得られた情報としては、T建設技研の構造系実験棟の平面図があった。これは、国枝研ではなく、別の研究室に所属する院生から山吹が聞き出してきたものだった。構造系が専門領域の大学院生のほとんどは、あの建物に行ったことがあったので、建物の中が、だいたいどんな配置になっているのか、略図を書いて説明してもらったのだ。その後、加部谷が西之園に電話をかけて、二階にある第二実験室と奥の準備室のどのあたりに被害者が倒れていたのかを聞き出した。

「西之園さん、どちらにいらっしゃるんですか？」加部谷は話の最後にきいた。

「ん？　今ね、デニーズ」

「え、誰と？」

「それは、内緒」

「犀川先生ですね？　あ、私たちも今、ロイヤルホストなんですよ」

「いいえ、私は、こんなところにいたくないの」西之園は溜息をついた。「早く出たいと思っているのでした。それでは、ごきげんよう」

電話が切れた。

「変なの」加部谷は思わず呟く。

手書きの簡素な図面に、さらに四つの×印が付け加えられた。

「建物外からのアクセスは、玄関」加部谷は図面を指で示しながら話す。「それから、一階の準備室にある裏口、さらには、隣の研究棟の通路へ通じるドアの三箇所です。窓は、一階にはないそうです」

「窓があって、そこが開いていたりしたら、警察だって、密室だなんて言わないよ」山吹が言った。

「え、警察が密室だって言ったんですか？」

「言った」山吹は頷いた。「そうそう、実験室の高い位置に窓があるよ。こちらの第一実験室だけれどね。三階の窓くらいの高さになるかな。開くかどうかも怪しい。たぶん、電動で開くタイプだと思う。火事のときに煙を出すために」

「問題のこの準備室にも窓があるのでしょう」加部谷は指をさした。二階の第二実験室の奥にある準備室のことである。「鍵がかかっていなかったって聞きましたけど」

「うん、実験棟がさきに建って、あとからすぐ隣接させて研究棟が造られた。だから、事実上は、その窓は塞がれたみたいなものだね。換気くらいはできるから、いちおう残してあるんじゃないかな」

「人は無理としても、拳銃だけなら、外に出せた。その可能性はあるって……」加部谷が言う。

「でも、実際に人が一人出ていったわけだから、わざわざ拳銃だけそこから出さなくてもってことになるよ」山吹は言う。「その一人が、どこから出たのかが、まあ、今のところ、問題の焦点だね」

「あるいは、そんな人はいなかったとか」加部谷は言った。

「どういうこと？」

「えっと、つまり、建物の中には、いなかったという意味です」

「どうやって撃ったの？」

「私、やっぱり、《λに歯がない》というカードがあったことで、もの凄く先入観を持って見ていると、ええ、自分でも思うんですけど……」

「ああ」山吹は頷いた。「わかった、四人がお互いに撃ち合った、と考えているんだね？」

「ええ、そうです。いろいろなケースが想定されますけれど、やっぱり、これは普通の事件とは違うわけです。普通の人間は、自分が生きようと思っている。危険からは逃げようとする。でも、そうではない人たちだったかもしれません。その可能性があるわけですよね。そうなると、やっぱり基本的なところで、話はだいぶ違ってくる。普通だったら、最初から除外されるような可能性が、否定できなくなるんです」

「うん、それは、たしかにそうだと思う」山吹が頷いた。彼は、ホットコーヒーのカップを口に運んだ。「いろいろなケースっていうのは、何のこと？　撃った順番のこと？」

「そうです。あまり具体的にイメージすると、はっきり言って、恐くなっちゃいますけど」加部谷は二秒ほど目を瞑り、それから話を始めた。「生身の人間ではなく、人形をイメージすれば、良いのかな……。つまり、四人いたら、四人のうちの一人が、ほかの三人を撃った。さらに、最後に、その人を撃った人間が、建物の外にいた。うーんと、ちょっと適切なイメージではないと思いますけど、えっと、その開かずの窓みたいなところ、十五センチくらいの隙間が、隣との間にあるわけですよね。そこにマジックハンドみたいなものを差し入れて、それで撃ったわけですよ。その拳銃は、中にいる人が、そのマジックハンドに取り付けたんです。ほかの三人を撃ったあと、そこに取り付けて固定して、その拳銃の正面に立って、合図をした。それで、外にいる人が遠隔操作で拳銃の引き金を引いて、そのあと、マジックハンドを引き出して、拳銃も持って、逃げたわけです」

「でも、窓は閉まっていたんじゃないの？」

「そうか。じゃあ、マジックハンドで、窓も閉めたんですね」

「まあ、できないこともないか」山吹は小さく何度も頷いた。「それほど非現実的な仮説でもないね」

「でしょう？」加部谷はほんの少し嬉しくなった。「今の、中にいる人が拳銃を取り付けたっていうのは、話しているうちに閃《ひらめ》いたんですけど、自分でも、お、凄いかもって、一瞬ぞっとしましたもの」

「四人のうち一人が、ほかの三人を撃ったというのは、一番それらしいね」

「つぎつぎバトンタッチみたいに、拳銃を渡して撃った、ということはありえないですよね。やっぱり、銃に熟練した一人が撃ったんだと思います」

「マジックハンドという表現は、使わない方が説得力があるね」山吹は言う。「たとえば、十メートルくらいのスティールの棒材でも良い。コントロールのためのワイヤが一本あって、先の装置を、手元で動かすことができる。先には、拳銃を固定して、引き金を引くメカニズムがある。窓くらいは、引っかける部分があれば、簡単に閉められるかもしれない。あるいは、カメラが先に装備されているような、けっこうハイテクの道具だったかもしれない」

「そういうのを、マジックハンドと総称するのじゃありませんか？」

「あと、どこから操作したかだけれど、二つの建物の間には人は入れないわけだから、手前の中庭側か、それとも少し遠くなるけれど、反対の裏手側か、それとも……」

「屋上か」加部谷が言う。「屋上が距離としては一番窓に近いですよね」

「でも、屋上だと、降りるのに、ロープが必要になるね。建物の中を通るわけにいかない。階段は使えない」

「非常階段とか、外側にないのですか？」

「ない。あそこ二階建てといってもかなり高いからなあ。普通の四階建てくらいはある。ロープで下りるなんてのも、普通の人間じゃあ、やらないと思う。考えもしないんじゃないかな」

「隣の通路」海月が言った。

「え？」加部谷が彼の方へ顔を向ける。「何？　隣の通路？　何言ってるの、突然」

「あ、そうか」山吹が「研究棟との連絡通路か」

「あ、そこは、どうなっているんですか？」加部谷が質問した。「二つの建物に、それぞれ、ドアがあるわけですか？　隙間が十五センチだけ開いていて、そこになにか板みたいなものが、渡してあるわけですね？」

「そうだと思う」山吹は頷いた。「位置としては、窓にはかなり近いね。八メートルくらいかな」

「あ、そうだ、研究棟の方には、窓はないですか？　その実験棟側の壁に」

「いや、それはないよ。研究棟の方があとから造られたわけだからね。そっちにはわざわざ窓は開けないよ」

「わかりませんよ。調べてみないと」

「それはそうだけれど」

「外堀が冷めた頃に、一度行きましょうか」

「え、どこへ？」

「ですから、あの実験棟へ」

「うん、別にいいけど、加部谷さん、外堀じゃなくて、ほとぼりだよ」

「え？　ほとぼりって、どんなお堀ですか？」

「辞書をあとで引いて」

「うーん、しかし、こうなると、別になにも不思議ではなくなってきましたね」

「まあね。だけど、もしかして、もう普通じゃないものに、僕たちが染まってしまったんじゃないかな」

「あ、駄目じゃないですか！」加部谷は、腰を浮かせる。「歯を抜いたんだぁ。忘れていた」

「あ、そうか……」

「今の仮説だと、歯が抜けませんよ」

「うん、少なくとも、最後の一人の歯は無理だね。ほかの三人は、その一人が抜けるけれど」

「抜いた歯も、マジックハンドに渡したわけですか？　うーん」加部谷は唸《うな》る。「マジックハンドで歯を抜くのは、ちょっと無理っぽいですしね」

「一本や二本じゃないからね」

「あ、でも、もしかして、総入れ歯だったとか？　年輩の被害者じゃなかったですか、窓際の人」

「いや、総入れ歯か、抜かれた跡かは、見たら判別できると思うよ」

「それでも、顔面を撃たれているんですよ。損傷が激しければ、見誤ることだってあるかもしれません」

「いやぁ、なんか気持ち悪くなってきたなぁ」

「ええ、私も自分で言ってて、むかついてきました」

「むかついてきた？　意味が……、あれ、良いのか……」

「具体的に、四人の歯を抜くっていうのは、どれくらい時間がかかるものでしょうね」加部谷が言う。「けっこう大変な作業ですよね」

「人の歯って、三十本くらいだよね」山吹が言った。「てことは、百二十本か。一本抜くのに三十秒かかったとして、一時間だ」

「三十秒なんて、けっこうな早業《はやわざ》じゃありませんか？　電光石火の」加部谷が言う。

「ああ、気持ち悪いから、言葉だけでも爽やかにしようと思ったんですけど。必殺歯抜き人、みたいな」

「一人ではなかったかもしれない」海月が言った。

「わっ、しゃべりましたねぇ」加部谷は海月を睨みつけたが、すぐに微笑んだ。「そうか、複数犯の可能性もあるのか」

「あ、そうか……」山吹も頷く。「歯よりも、そもそも被害者が四人もいるっていう状況から、まずそれを考えるべきだったかもしれない」

「でも、あそこに入っていったり、それから、また出ていったりするわけですから、そんな、ぞろぞろ大勢でやってくるわけにもいきませんよ」

「うん、いちおう、守衛さんがいたわけだから」

「今頃、どんなところを探しているんでしょう、警察」

「まずは、凶器を見つけないと。あそこの敷地と、それから、周辺を隈無《くまな》く探しているんじゃないかな」

「近藤刑事にまた会いたいなぁ。きっと、あれですよ、西之園さんが連れてきますよね」

「さあ、どうかな……」山吹は微笑んだ。彼は時計を見る。「さてと、もうそろそろ戻るかな。僕、研究室で少しやることが残っているから」

「今からですか？」

「そう、忙しいの」山吹が口を斜めにしてわざとらしい顔をつくった。

「海月君は？」

「帰る」

「加部谷さんも、早く帰らないと」山吹が言った。

「ふふふ」彼女は喉を鳴らす。

山吹がシートから立ち上がろうとする。

「あ、ちょっと」加部谷が片手を広げた。「どうして、私が笑ったのか、きいて下さいよ」

「え？」山吹は座り直した。「どうしたの？」

「私、実は、今日は帰らなくていいんです」

「へぇ……」山吹はきょとんとした顔で頷いた。

「どうしてでしょうか？」加部谷は姿勢を正す。

「さあ、製図室に泊まるから？」

「ふふふ、実は、昨日、引越をしたのでした。西之園さんに手伝ってもらって」

「引越？」

「そうなのです。アパートを借りたんですよ」

「どこに？」

「うーん、山吹さんのところに、わりかし近いですね。ここからなら、歩いていけます」

「ふうん、そう……」山吹は頷く。

「びっくりしました？」

「いや、別に……」山吹は表情を変えない。「だって、下宿するって、言ってたじゃない」

「今度、遊びにきて下さいね。今は駄目ですよ、まだ段ボール箱しかありませんから。昨日は、布団を出すのも面倒で、それで西之園さんのところへ泊まりにいったんです」

「じゃあ、これから大変じゃん。帰ったら、掃除とかしないと」

「ええ、まあ、今日はなんとか寝られるようにだけはするつもりですけど」

4

　住宅街を抜けるバス通りに面して、十五階建てのビルが建っている。三階以上は分譲のマンション。一階と二階はテナントで、その二階にイタリアンのレストランがある。西之園は、そこへ来るのは五回目。これまでは、叔父か叔母と一緒だった。犀川と入るのは初めてである。

　結局、最初に彼女が予約した時刻よりも一時間遅れて、二人は到着した。もちろん、途中で電話は入れてある。客は少なく、店は空《す》いていたので、予約の必要もなかったようだ。一番奥の、出窓の横のテーブルへ案内された。

「高そうな店だね」犀川が椅子に腰掛けてから、目だけを動かし、周囲を眺めて言った。

「あぁ、お腹が空きましたね」西之園はメニューを開く。

不足した照度は、テーブルの上にあるキャンドルの炎でかろうじて補われていた。

「喜多先生、お忙しそうでしたね」西之園は言った。

　喜多は、あのあと研究室へ戻ったようだ。仕事があると話していた。犀川も自室に一度戻ってメールを読んでから、彼女の車でここまで来た。

「あいつ、教授になるんだよ」犀川は言った。「それで、いろいろ書類を揃えないといけないわけ」

「あ、そうなんですか。それじゃあ、お祝いしないと」

「うーん、正式には二、三ヵ月はさきだけれどね。でも、そんなにおめでたいことかどうかは、本人に確かめた方が良いね」

「喜多先生だったら、喜んでいらっしゃるんじゃないですか？」

「どうかな」

犀川はどうなのか、という質問を西之園はしないことにした。彼女はウェイタを呼び、飲みものと料理の注文をする。犀川は、いつものとおり、なんでも良い、と言ったからだ。だいたい、メニューも見ようとしない。会議で疲れているためか、どちらかというと機嫌が悪い彼だったので、西之園は気を遣っていた。

「明日も、出勤ですか？」彼女は尋ねる。明日は土曜日だ。

「うん」犀川は無表情のまま頷く。

「お忙しいですね」

「うん」

「明後日は？」

「そうだね……、明日による」

「では、少しは希望があるんだ」西之園は微笑んだ。「もし、時間が取れたら、どこかへ行きませんか？　ドライブか、うーん、それとも、ショッピングとか」

「日曜日に？　どこも混んでいるよ」

「でも、先生が日曜日くらいしか、空《あ》かないじゃないですか」

「うん」

沈黙。

ほかのテーブルの声もあまり聞こえない。静かな音楽がかかっている。空調は少し肌寒いくらいだった。飲みものが運ばれてくる。二人ともソフトドリンク。高い円柱形のグラスを小さく鳴らしてから口につける。冷たい酸っぱさが喉を通過した。

溜息。

「事件の話は、したくありませんね」西之園は言った。

「え、どうして？」

「無粋《ぶすい》でしょう？」

「無粋ね」犀川は彼女の方へ一度視線を向けた。「いや、そんなことはないよ。話したければ、聞くけれど」

「私、今もの凄く幸せです。これから、美味《おい》しい料理を食べるんです、大好きな人と一緒に」西之園は素直に言葉が出て、自分でも内心驚いた。「でも……、たった十時間ほどまえに、死んでいる人間を見てきたんですよ。いいえ、顔は見ていません。シートがかかっていて、足だけしか見えませんでした。あ、ごめんなさい、こんな話がしたかったわけじゃあ……」

「いや、かまわないよ」

「すみません」彼女は微笑みをつくろうとした。しかし、片手を目に持っていこうとしていることに気づく。途中でその動作を諦めた。「普通だったら、死体を見たと思います。殺人現場に呼ばれて、手がかりはないか、という目で探していたのに、どうしても、その、死体を見る気がしなかった。これ、どうしてだと思います？」

「いや、わからない」犀川は首を一度ふった。「だけど、別に変じゃない、それが普通だ」

「そう、ですよね、今までが普通じゃなかったんですね、私」

「まあ、ある意味では」

「四人とも、年輩者でした。私たちよりも何十年も沢山生きてきた人たちでした」彼女は話した。

　そのとき突然、自分の両親のことがフラッシュバックした。その映像を、彼女は一瞬で遮蔽《しゃへい》する。慌てて、スイッチを切るように。そして、死体のシートを捲《めく》らなかった理由が少しわかったような気がした。

「そうか……」彼女は呟く。犀川がこちらを見据えていたので、数秒間かけて、微笑み返した。「なんとなく、今、理由がわかりました」

「それは良かった」

「亡くなった方たちが、可哀相でした」

「うん、そうだね」

キャンドルの炎が動いている。会話が止まると、キッチンから聞こえてくる音だけになる。彼女は、自分が感情をコントロールしている、と感じた。流れ出さないように蓋をしているのだ。圧力に抵抗して、ぐっと力をかけて蓋を押し止めている。ところが、少しずつ力を緩めてみても、大丈夫そうだった。怖々《こわごわ》力を緩めたけれど、もう蓋は動かないのだ。

どうしたのだろう?

蓋を取るべきか、そして、中を覗いてみるべきだろうか。

そんな感覚だった。

「どうして、人間って死ぬんでしょうね?」西之園は話した。自分の言葉の解釈を、音になったあと遅れて試みた。「二つの疑問です。一つは、どうして、いつかは死んでしまうようにできているのか? もう一つは、それが自然の摂理だとして、それに逆らうことは、どんな意味があるのか?」

「前者については、観念的な議論をすれば宗教に近づく。科学的な議論をするには、まだ人間の知識は未熟すぎる。後者の疑問については、どちらの意味かな？」

「え？」

「自然の摂理に逆らう、というのは、早く死のうとする行為？　それとも、遅く死のうとする行為のこと？」

「ああ、そうですね。もちろん、自殺のことです。寿命を待たないで、何故死に急ごうとするのか、ということです」

「自殺をしようと思った経験があれば、少しは想像できるんじゃないかな」

「私、自殺をしようと思いました。思ったことがあります。でも、どうしてそう思ったのか、今はわかりません」

「では、病気でもう死にそうだ、という人は、どうして治療をして、もっと長生きをしようと思うのだろう？　その理由は？」

「もっと生きていたいから、というのは、理由になりませんか？」

「もう生きていたくないから、という理由と、同じレベルだ」

「そうか……、あ、そうですね、同じですね」西之園は頷いた。「でも、生きていれば、いろいろなことができます」

「そう、死ぬことだってできる」犀川は言った。「だから、生きている方が、少なくとも上位ではある。逆からは戻れないんだからね。しかし、たとえば、芸術家が、ある作品を完成させようとしているとき、それをいつ完成と見なすか、いつ作ることをやめるのか、と考える。その選択にも似ている。手を止め、創作をやめることは、つまり作品の死かもしれない」

「死ぬことで、個人が完成する、という意味ですか？」

「そう考えることもできる、というだけだけれどね。そういった種類の、死にたいという気持ちも、必ず存在するはずだ」

「作品だったら、完成して、眺めているうちに、また手を加えたくなりますよ。でも、死んでしまったら、もう終わりです」

「今はね」犀川は言った。

「え？」

「現在の科学では、そのとおりだ。死んだら戻れない。その自然現象が避けられない大前提だから、こういった思考に限定されている」

「うーん」西之園は思わず腕組みをした。「なんとなく、先生のお話を聞いていると、客観的になりますね」

「客観的になった方が、安全だよ」

「安全？」

「うん、危険を遠ざけることができる」

「ああ、なんとなく、それはわかります。ちょっと、ええ、気分が直りました」彼女はまた微笑んだ。「もしかして、私のためですか？」

犀川はグラスに口をつけたが、返事をしなかった。

「とにかく、不思議な事件ですよね」西之園は言った。話を戻そうとしているのか、と自問しながら。

オードブルが運ばれてきて、二人の前に白い大きな皿が置かれた。三箇所に分かれて、料理がこぢんまりとのっている。西之園はフォークとナイフを手に取った。

「別に今回の事件に限ったことではないけれど」犀川が話した。「ある人間の行動に対して、別の人間が推測をする。どうしてあんなことをしたのだろう、と考える。どう思ったのだろう、と想像する。心理学というのか、平均的にはこうだ、という一応の理屈は確かに存在するだろう。こういう場合が多い、という統計結果は出る。しかし、たった一人のある人間が、どう考えたのかを特定することはかなり困難だ。つまり、そういうのが、この事件から学べることなのでは？」

「それはつまり、被害者が死にたいと考えている人たちだというお話ですか？」

「いや、それさえも特定できない。ただしかし、人間が皆、いつでも常に生きたいと思っている、という前提は間違っている、ということだけは確かだ。どんな場合においても、必ず全力を尽くして危険を避ける、自分が生存できる道を必ず選択する、ということは当然ではないかもしれない。自分を殺そうとする人間を憎まない場合もある。殺してほしいと願っている人もいる。殺人者に協力する人もいるかもしれない」

「でも、やっぱり特殊です。一般的ではありません」

「程度の問題だよ。そもそも、殺人を犯すことが平均的ではない。平均的でないものに、平均的な道理を当てはめようとするのは、不思議な話だね。歯を抜く行為にしても、平均的には、気持ちが良いものではない。何を考えているのか理解に苦しむ。人のやることではない、という感情が普通ならば働くだろう。しかし、これさえも、格好良い、と感じる人間がいないともかぎらない。それを実行した人間も、それが美しいと思ってやったかもしれない。死体には歯があってはいけない、というのが、彼らには、正しい理屈だったかもしれない。それは、僕たちが、生きている人には歯がある、と考えるのとまったく同じレベルのことなんだ。考える人間の数が量的に多いか少ないかで、常識的、平均的なものが決まっているにすぎない」

「自殺する人は、生きている人よりは少数派ですね」

「うん、それが、人類がこれだけの社会を築くことができた理由の一つだろうね。ちょっと苦労があったから、もう死んでしまおう、とは考えなかった。これは宗教とか教育といったレベルではない。なにか、深層に埋め込まれたコードとしかいいようがないね」

「コード？」

「でなければ、デザイン」

「デザイン……」

「まあ、そのデザインの個体が生き残っただけかもしれないけれど」

「自殺する人は、今までは当然、社会ではマイナだったわけですよね」西之園は考えながら話した。「それが、ネットワークの発達で、そういったマイナな個人どうしが、コミュニケーションを取れるようになった。だから、集団自殺なんてことが、最近、起こるようになったんでしょうか？」

「昔からあったけれど、大きくは取り沙汰されなかった、といえるかもね」

「そうか、そういう人間を集めようとしているんだ」西之園は小さく頷いた。「先生は、これ、真賀田《まがた》博士が考えたことだと思われますか？」

「いや」犀川は簡単に首をふった。「この程度のことは、彼女の発想ではない」

「え？　では、たとえば、どの程度だと、真賀田博士の発想だと思えるんですか？」

「うん」犀川は頷いた。そして、料理を食べ始める。

西之園は待った。犀川が考えているのがわかったからだ。

彼は一度小さな溜息をついた。僅かに表情が変わったように見えた。キャンドルのオレンジ色の炎が揺れたせいかもしれなかった。

「たとえば、死んだ人間を、もう一度、生かす、というような発想だ」

犀川は静かな口調だった。しかし、力の籠もった発音で、声が僅かに震えていた。こういったことは、ときどきある。西之園はそれを知っていたので、背筋が寒くなった。

「彼女ならば」犀川はじっと西之園を見据えた。「できそうな気がする」

えっと、何の話だったか、と西之園は呼吸を止める。

死んだ人間を、もう一度、生かす？

真賀田四季《しき》ならば、それができる？

「どうやって？」

「さあ」

「どんな技術で？」

「少なくとも、医学的なものではない」

「え？　わかりません」

「同じ躰を使って生かす、という意味ではない。それならば、死んだことにならない」

「えっと、それじゃあ……、頭脳だけを？」

「頭脳だって肉体のうちだ。単なるメディアだよ」

「メディア？　そうじゃないものって……」

「コンテンツ」

「人間のコンテンツって、何ですか？」

「信号だよ」

第3章　気のない二人

「人間はめいめい自分の魂を持っている。それをほかの魂とまぜることはできない。ふたりの人間は寄りあい、互いに話しあい、寄り添いあっていることはできる。しかし、彼らの魂は花のようにそれぞれその場所に根をおろしている。どの魂もほかの魂のところに行くことはできない。行くのには根から離れなければならない。それこそできない相談だ。花は互いにいっしょになりたいから、においと種を送り出す。しかし、種がしかるべき所に行くようにするために、花は何をすることもできない。それは風のすることだ。風は好きなように、好きなところに、こちらに吹き、あちらに吹きする」

1

翌日土曜日の夜に、西之園萌絵は近藤刑事と会った。彼女の方から県警本部へ出向いて話を聞きにいったのだ。彼らはとても忙しそうだったので、彼女がそこにいた時間は、十分にも満たなかった。

「四人のうち、二人はだいたいわかりました」

「だいたい？」

「ホームレスというか、あの近辺の公園や駅前などで目撃されていた人物らしい、ということだけです。T建設の守衛が、事件の前日に見かけていたので、それで、その関連のところで聞き込みをしてみたところ、目撃証言が多数得られまして、ええ、主に服装が似ているのではないか、と……」

「特定は難しいですね？」

「難しいですね」近藤は頷いた。「身元を証明するようなものは所持していませんでした。友人というか、顔見知りの人間を捜しているところなんですが、どうも、あの近辺にいた連中は、事件後どこかへ大移動でもしたんじゃないかっていうくらい、見当たらないんですよ。もう少し時間がかかりそうですね。そんな話になっています」

「仲間が殺されたからでしょうか?」

「ええ、あるいは」近藤は頷いた。

「残りの二人も、同じグループの人たちだったと考えられますか?」

「そうですね、今のところは、その可能性が一番高いと思います」

「木曜日の夕方に守衛さんが目撃したのが、その被害者当人たちだったとすると、その時点では、外にいたことになります」西之園は話した。

「外にいた? ええ、外にいましたよ」近藤は言葉を繰り返して首を傾げる。

「つまり、建物の中にずっと以前から隠れていたのではない、という一つの反証になりますね」

「ああ……」近藤は口を開けた。「いやぁ、しかし、もともと、あそこには、そんな人が何人も隠れられるような場所がありません。どの部屋も、前の日に、職員の誰かが入っています。実験室の死角にこっそり隠れていたにしても、どうでしょう、四人もの大人が何時間もそんなところにじっとしていたなんて、ちょっと考えられませんよね」

「でも、そうなると、セキュリティ・システムが、彼らの出入りを捉えていないことを、どう考えたら良いでしょう?」

「ええ」近藤は三回頷いた。「まあ、そこなんですよね、問題は……」

「そこだと思いますよ。屋上のドアもセキュリティ・システムが働いていましたか?」

「ああ、はい……」近藤は頷く。「さっきの会議でも、その点については、話題になりました。だけど、うーん、とにかくビデオに記録されていないことは確かなんです。それに、ビデオの映像と、ドアの開閉記録もすべて逐一《ちくいち》チェックしました。ドアが開閉したときの映像はすべて揃っていますよ。両者は完全に一致しているんですよ。だから、ドアの開閉記録の方だけに異状があるということはありえません」

「でも、改竄するとなったら、両方のデータを消去するのが、普通では？　できないことではないと思いますけど」

「鑑識の連中もそう話しています。そのあたり、さらに詳しく調べている最中です」

「凶器も、まだ見つかりませんか？」西之園は別の質問をした。

「ええ、どういうわけか、出てきませんね」近藤は首をふった。「少なくとも、あの建物内にないことは確かです。敷地内にもたぶんないでしょう」

「拳銃は、一つでしたか？」

「同じものです。一丁で四人をやったんですよ」

「発射も四回？」

「四発以外には、今のところ見つかっていません」

「あの窓の外から撃ったという可能性は？」

「準備室の窓ですか？」

「ええ」

「いえ、発射されたのは、もっと部屋の中の方ですね。窓の近くで発射されたのなら、そこに痕跡が残ります。音も聞こえたでしょう。そうではありません」

「では、殺人犯は、たしかに建物の中に立っていたのですね?」

「もちろんです」

「そのあとで、出ていった……」

「ええ」

「ドアを通らずに?」

「ええ、そうなりますね」

「窓だって無理だし」

「ええ……」近藤は溜息をついた。「ああ、なんか面白くない状況ですね」

「興味深いです」

「やっぱり、その、あれですよ、あのセキュリティ・システムに問題があったとしか、考えられないじゃないですか。どうしたって、そこへ行き着きますよ」

「歯は、どうですか?」西之園が次の質問に切り換える。

「というと?」

「本当に死後に抜かれたものなのか。それから、どんな道具を使ったのか」

「死後に抜かれたことはまちがいないようです。残っている歯も幾らかあったそうですが、まあ、見逃しただけでしょう。抜かれたときに割れたものの破片もあります。被害者の衣服にもありましたし、口の中や喉に落ちて残ったものもあります。仰向けの状態で歯を抜いたようです」

「専門家でなくても、できるものですか？」

「専門家というのは、歯科医のことですか？」

「ええ、たとえばですけれど」

「いや、どうでしょうね。しかし、そもそも普通の人間には、ちょっとできないんじゃないでしょうか、死体の口を開けさせて、歯を抜くなんてこと」

「死後硬直が始まるまえに、口を開けさせないといけませんよね」

「正気の沙汰とは思えませんが。こういうのって、あとあと、精神鑑定とかになって、裁判で面倒なことになりそうで、嫌な感じですよ」

「もしかして、それを狙ったとか？」西之園は思いつきを言った。「いえ、そんな合理的な考え、そぐわないですね。ほかにには、なにか新しいこと、ありませんか？」

「そうですね、うーん、まだまだ整理がちゃんとついていない状況ではありますが……、ああそうそう、研究所の所長さんが、行方不明ですよ」

「は？」

「いや、まあ、どこかへ遊びにいっているだけかもしれませんけど」

「ああ……、なんだ」

「連絡が取れないだけです。土曜日だから、しかたがありませんけど、でも、ニュースを見ていれば、連絡くらいしてきますよね、普通」

「こんなことが起こるなんて、夢にも思っていないでしょうから」

「あ、あと、実は、あの実験棟に人が一人いたんです」

「え?」

「構造系実験棟の一階の準備室に、一人いました」

「本当ですか?」

「裏口のドアがある部屋なんですけど、これは、セキュリティ・システムの記録を確認していてわかったことなんです」

「職員ですか?」

「ええ。あそこの研究員で、城田《しろた》という若い男です。準備室で仕事をしていて、そこで寝ていたというんです。夜の八時頃に入って、一度、十時頃に出入りしていますが、これはコンビニへ行ったらしいです。それで、そのあとは夜中もずっとそこにいて、朝方、明るくなってから出ていったようです。その後は、隣の研究棟にいたようです。そちらも、記録が残っていますので、証言とは一致しています」

「銃声を聞いたのでは?」

「ええ、そうなんです、聞いていますす。四発だったってことも、証言が得られていま
す」

「それは……、凄い」西之園は息を吸った。「それで?」

「それだけです」

「銃声を聞いて、準備室から出ていかなかった?」

「そのまま、寝ていたみたいですね。もちろん、拳銃の音だなんて思わなかった。車のバックファイアだろうと思ったたって言ってますが」

「でも、四発だと、覚えていたのでしょう?」

「たぶん、四発だったっていうだけです。最初は寝ていたから、正確ではない。音がしたから起きて、しばらくの間に三発聞こえた、ということのようです。足音なんかは聞いていません。特に不審だと思われるようなことはなかったと。えっと、時刻もよくわからないらしくて、二時か三時か、とにかく深夜だったと。部屋の電気を消して、真っ暗なところで、毛布を被って寝ていたのだそうです」

「どれくらいの時間の間に、四発だったのかは?」

「それも、確かなことはわからないようでしたが、一分か二分か、それくらいじゃないかって」

「その人が一階の準備室にいたということは、犯人はそこの裏口を通ったわけではない、ということになりますね？」

「うーん、まあ、そうですけれど」

「あ、もしかして、その人を疑っているのですか？」

「いやぁ、そういうわけではありませんが……。研究所では、つい最近転勤してきた新人なんです。この街にもあまり知り合いがいない、ほかのメンバに聞いても、よくわからない人物だ、という評判の男です」

「えっと、もう一度、名前を」

「城田です」

「白い田？」

「いえ、お城のシロ」

「城田さん」西之園は、その名前を頭のメモリィにインプットする。

「それ以外には、すぐ隣の研究棟にいた人もいます。えっと、全部で三人ですね」

「構造系の研究員ですか？」

「そうです。意外にも、三人のうち二人が女性です」

「別に意外ではありません。多いですよ」

「いや、でも、夜中に残っているなんて」

「ああ、なるほど」

「一人は、青井《あおい》さんという人で、研究所の副所長さんです。構造系のチームではトップの人ですね。五十歳くらいかな。それから、吉沢《よしざわ》さんという、こちらは若い女性です。二人とも、研究棟にいましたが、別の部屋で仕事をしていたので、一緒にいたわけではありません。二人とも、銃声には気づかなかった、と話しています。いくら近くても、建物が別だと、もう音が伝わらないものなんですね」

「もう一人は?」

「あ、その人は、えっと、日比野《ひびの》という男なんですが、構造系ではなくて、デザイン系っていうのですか、あの、そちらの職員です」

「意匠系ですね」

「ええ、建築のデザインをする」近藤は頷いた。「その人物が、深夜一時頃に研究棟に入っているんです。研究棟ももちろん、セキュリティ・システムの記録が残っているわけで、それで判明しました。入ってから出るまで十五分ほどでした。何をしに来たのか、尋ねたいのですが、まだ本人が掴まりません。連絡が取れなくて」

「青井さんも、吉沢さんも、彼とは会っていないのですか?」

「ええ、そう言っています」

「ほかには? なにか、不審なことはありませんでしたか?」

「そうですね、まあ、何を疑って良いのかが、全然わからないので、手当たり次第なんですけど。あ、そうそう……」近藤はポケットから手帳を取り出して、ページを開いた。「有本《ありもと》という人物が、木曜日の夕方に、大きな荷物を実験室へ運び入れました。そのときは、シャッタを開けて、トラックを中に半分乗り入れて、実験室内のクレーンを使って下ろしたそうです。荷物っていうのは、木製の箱なんですが、大きさは、そうですね、電話ボックスくらいあります」

「電話ボックス？」

「あ、最近、あまり見かけなくなりましたね。一メートル、一メートル、高さが二メートルくらいかな」

「電話ボックスよりも大きいですね」

「それ、中身は機械だったみたいですが、運び入れる場所が間違っていたらしくて、翌日の朝に、取りにきていたんですよ。でも、警察が既にいたもんですから、中身を改めてから、持っていかせました」

「中身、ちゃんと開けたのですね？」

「ええ、そう、開けました。ずいぶん、抵抗されたそうですよ。箱を一度開けたりしたら、また閉める作業に時間がかかって大変だからって」

「でも、人間が入っている可能性がありますものね」

「そうなんですよ。そのときは、それほど、重要視していなかったのですけど、確認をしておいて良かったです。箱の中身の写真も残っています。それは、同じ研究所の防災系へ納入するものだったらしくて、昨日の午後には、移動させました」

「構造実験室、本当に人が隠れるようなスペースありませんでしたか？　機械の中とか、ピットの中とか、けっこう人が入れるくらいのスペースがありそうな気がしますけれど」

「ええ、いちおう、関係者にもつき合ってもらって、隅々まで捜索しました。倉庫の中もすべて改めましたし、あと機械室とかもチェックしました。それから天井裏なんかも全部見ましたよ。で、ちょっとそれらしい場所は……」そう言いながら、近藤は首を横に振った。

2

西之園萌絵はその後、N大学へ車を走らせ、研究棟の犀川助教授の部屋を訪ねた。犀川は椅子に深々と腰掛けていた。その姿勢のときは、なにかを考えているか、それとも疲れているか、のいずれかである。

「お仕事は、いかがですか？」

「ああ、もう終わった」眠そうな顔である。「疲労困憊《ひろうこんぱい》」

「お食事は?」

「うーん、今日は、帰って、すぐに眠りたいね」

「いけませんよ、ちゃんと召し上がらないと」

「マクドナルドが食べたいなあ」

「マクドナルドですか?」

「ピザでもいい」

「じゃあ、ピザにしましょう」

というわけで、彼女の車で、キャンパスの近くのピザハウスまで移動した。ピザを食べ、コーラを飲むと、犀川は少しだけ元気になったようだ。

「ご機嫌が悪いですね?」西之園は彼の顔を覗き込むように見た。「つまらないお仕事だった」

「うん、仕事って、おおかたつまらないものだ。つまらないことをするから、代償として賃金がもらえる」

「でも、先生、研究は面白いって、よくおっしゃいますよ」

「研究は仕事ではない。最近わかった」犀川は口を斜めにした。「研究ができる、という餌《えさ》で釣られて、この職についたけれど、だんだん、そんなのはいつまでもさせてもらえない、ということもわかった」彼は溜息をついた。「まあ、これまでずっと、良い思いをさせてもらったわけだから、借りを返せということかな」

「お辞めになったら、いかがですか？」

犀川はちらりと西之園を見た。よほど、嫌なことがあったのだろう。

「勝ち逃げになる」犀川は呟いた。ジョークだと思われる。彼は煙草を取り出して火をつけた。「自殺にも、ときどき、三島由紀夫《みしまゆきお》みたいに、勝ち逃げのようなものがあるね」

「勝ち逃げ、ですか？　あれ」

「うーん、いや、本当のところは知らないけれど、一見、そう見える。一見そう見えることを、もちろん本人も認識していたはずだから、その要素がないわけではないだろう」

「辛さから逃避する自殺とは、基本的に異なる行為でしょうか？」

「わからない」犀川は煙を吐いた。「日本には、古来、心中《しんじゅう》がある。美しいイメージが、民衆にも浸透していたように思える。死後の世界を信じている、という意味では、どの宗教もそんなに違わないはずなのに、不思議だね」

「自殺を禁じている宗教もあります」

「そうだね」犀川は小さく頷いた。「あまり、面白い話題ではないな。言い出して悪かった」

「いえ、大丈夫です。私も、自殺をしようと思ったことがありましたけれど、そのときの気持ちは、もう今となってはトレースできません。あれは、自分ではなかった、と思うしかない」

「自分を自分だと思うことなんて、かなり危《あや》ういものなんだ。普通は、すべてを自分だと思い込もうとしている。鵜呑みにしているだけだけれどね。吟味しているわけではない。ただ、吟味をするようになると、吟味をしなければならない事項になると、自分ではない、自分らしくない、という判断があるわけで、それに対する感情も起こる。まあ、それだけのことだよ」

「そもそも、自分という存在を、しっかりと認識できていない、それが普通だ、という意味ですか？」

「うん、幼いときに、まず自分がここにいる、ということに気づくけれど、でも、これが本来の自分だとはけっして思っていない。きっと、もっと自分らしいものにこれから変化していくだろう、と期待している。ただ便宜上、ここにいる物体、自分の一番身近に存在するこの物体、自分の外側を囲っているこの肉体という物体が、簡単には取り替えられないことを学ぶんだ。その物体の中で、自分は生きている。その物体がエネルギィ変換をしなければ、自分は気分が悪くなる。つまり、この物体から影響を受けていることにも気づくだろう。そして、そうしているうちに、物体が機能停止した場合には、自分という存在が消えてしまうだろう、という予測を信じるようにもなる。みんながそう教えてくれるけれど、実は誰も証明はできない。それでも、なんとなく、そうなのだ、と信じるようになる。死んだ人間、昔の人間、死んだ動物、そして、物体というなにもしない存在、そんなものたちを観察して考えれば、自然にその結論に行き着くだろう」

「そうでしょうか？　死ぬことによって、意識も消えてしまうものだって、私はなかなか信じられませんでした。特に、子供は本心では信じていないのではありませんか？死後の世界が存在する方が、人間としては自然なイメージだったからこそ、そういった観念が、多くの文化でほぼ例外なく生まれてきたのだと思いますけれど」

「ところが、死んだあと、連絡をしてくる者がいない。この世に影響を与える者がいない。それならば、つまり、死んだらそれっきりだ、ということになる。連絡もできず、影響も与えられないことがだんだんわかってくる。天国や地獄とか、物語では沢山聞かされる。神様の話だって聞かされる。けれど、死んだ人を見て、みんな悲しんでいるじゃないか。それは、もう会えない、ということだ。だから、そういった境界条件を少しずつ自分にも当てはめるようになる。死んだら、現象的には、事実上、自分はいなくなるのだ、とね」

「試すわけにいかないですからね」西之園は頷いた。「死ぬことは比較的簡単そうでも、後戻りができない、そのために、その決断がなかなかできないのだと思います」

「しかし、ここに大きな問題があるんだ」犀川は煙草の先を指で回した。「それは、人間はいつかは死ぬ、という条件だ。これも、もう子供の頃から誰もが知っていることだ。人間は、永遠には生きられない」

「子供にとっては、七十年、八十年は、永遠に近いのでは？」

「それは、子供による」犀川は答えた。「たとえば、一年間で自分がなしたことを考える。そのたった八十倍のことしかできない。一生はせいぜい三万日だ。たったの千ヵ月だ。病気や事故で、もっと短くなる可能性もかなり高い。生きていても、なにもできない時間や期間があるだろう。いったい、自分は何ができるのか？」

「子供なのに、そんなことを考えました？」

「僕は考えた。もう、そればかりを考えていたよ」

「まあ」西之園は微笑んだ。「だから、こんな人になってしまったのですね？」

「単に辛さから逃れるための自殺もあるけれど、もう一つの要因は、自殺をすることで、自分を社会に認めてもらおうという動機だね。自殺をすれば、一時でも周囲は自分の存在に目を向けるだろう、という予測だ。生きていても影響を与えることができない、あるいは、もうこれ以上に強い影響を与えられない。起死回生の最後の手段として、自殺がある」

「なんだか、自爆テロみたい」西之園は顔をしかめた。

「そう、そのとおり」犀川は表情を変えずに頷いた。「自分という一個人の命を、最大限に利用する、という意味では同じだ。あれは、自分を武器として考えた場合には、当然生まれてくる発想だ」

「いろいろな自殺がある、ということですね」

「最終的な選択として、結果として、自らの死がある、という点で一致している。また、自分という存在を、自分が認識するイメージの中で最大限に生かせるものだと考えている点でも、一致している」

「ああ……」西之園は溜息をついた。

「どうした？　やめようか？」

「あ、いえ……」彼女は微笑む。「私は、今、生きているなって思いました」

「うん、生きているのは、自殺を保留している人たちだ」

「保留している？」

「そう」犀川は頷いた。煙を吐き、窓の方へ顔を向けた。

話はそこで途切れる。西之園は、窓ガラスに映る犀川の顔を見た。それから、自分の顔を見た。逆光で表情までもはわからなかった。

死のうと思ったことはたしかにあった。
否、自分で死ぬのも億劫《おっくう》なくらい、生きているのが嫌になったことがある。たしかにあった。
どうして、あのとき、死ななかったのか、不思議なくらい。
このまま病気になって死ねたら良いのに……、眠っている間に、誰かが殺してくれたら良いのに、と思ったことがある。たしかにあった。
けれど……、
自分は本当に死にたかったのだろうか？
そう……、
あのとき、
両親の最後の抜け殻を見た。
黒こげになった死体を見た。
そして、
もっと大勢の死体も、そこに並んでいた。
生きていれば、あれも、これも、沢山の楽しみがあったはずなのに、それらはすべて、火で焼かれて灰になっていくのだ。
でも、いつかはきっとそうなる。みんな死ぬのだ。そうなることが、わかっている。

自分だって、それくらいわかっていた。

わかっていたつもりだった。

なのに、どうして……、死が目の前に来ると、そんなに悲しいのだろう？　こんなにみんなで覚悟をしているのに、どうして涙が流れるのか？

今ではもう、両親のことを思い出しても、彼女は泣かない。どんな処理が自分の中で行われたのか、それはわからない。もう両親のことを愛していないのか、と問われれば、あるいはそうかもしれない、と答えるだろう。

そうだ、愛することをやめた、諦めた。

いつまでもは、愛せないのだ、生きているものは……。

犀川をもう一度見る。

もし、彼が、たった今、自分の前から消えてしまったら、どうしたら良いだろう。それも、やはり諦められるだろうか。それとも、もうそれを試すことも諦めて、自分も死んでしまうだろうか。

犀川がいなくなったら、と考えたとたんに、目頭が熱くなった。

ああ、涙がある、と思う。

西之園は呼吸を整え、すぐに涙を止めた。

まだ、泣かなくても良いのよ、今のは演習です。訓練です。大丈夫。

犀川がこちらを見ているので、彼女は優しく微笑んでみせた。

3

加部谷恵美のアパートに、海月及介がいる。さきほどまでは山吹もいた。新しく購入した本棚を組み立て、午前中に工事が終わった光ファイバにもパソコンを接続した。荷物はほぼ開封され、段ボール箱も畳んで紐で縛った。引越後の最終段階で、二人に助っ人を依頼したことは大正解で、夕方には、もう作業はすっかり終了してしまった。山吹は残念ながらバイトのために帰ってしまったが、海月には、夕食を作ってご馳走することにした。加部谷はキッチンで料理を作る。もちろん、大したものではない。レトルトのカレーである。炊飯器の使い方は、海月の方が詳しくて、教えてもらったくらいだ。

そういうわけで、現在は静かな夕食。二人だけだ。海月が相手なので、どうしても静かになる。シベリアの大草原みたいに。

山吹は、家庭教師のバイトらしい。最近始めたものだろうか。あと一時間半くらいで戻ってくると言っていた。そのときのためにコンビニで買ったケーキが残してある。食事は、あっという間に終わってしまい、あと一時間半を、海月と何を話題にして過ごせば良いのか、加部谷は必死で考える。そういう意味では、極めて難しい相手なのだ。

テレビをつけて、ニュースを見ることにした。例のT建設技研の事件についてやっているかもしれない、と思ったからだ。

「ホームレスだったのね、被害者は」加部谷は海月に話しかける。しかし、海月の反応がなくても良いように、自然に独り言を呟くような口調になる。「でも、そういう人たちが、ネットなんてするかなぁ。どう思う?」

「全員ではないかも」海月が短く答える。

「ああ、四人のうち一人は、少し身なりが良かったって言ってたね」加部谷は頷く。「うんうん、なるほど、その人が三人を連れてきたのか。だけど、ああいう、うーん、ホームレスの人たちって、自殺するような人とは、少し違うような気がするけれど、どう?」

「決めつけない方が良い」

「まあ、そうだよね。うん、それはそうだけれど……。とにかく、今回は、みんな年輩の人なんだよね。そこが今までと違っている点だよね。そうでしょう?」

海月は黙ったまま僅かに首を傾げた。

「えっと、つまり、このシリーズ殺人では、だいたい若い人が対象だったじゃない、これまでは」加部谷はソファにもたれかかって腕組みをした。「待ってよ、あ、もしかして、今回のは、違うのかも……、ええ、なんだか、違和感があるし」

「どんな？」海月がきいた。珍しいことだ。

「えっと、つまりね」加部谷は跳ね起きるように身を乗り出した。「ギリシャ文字を使って、目眩《めくら》ましをしているわけ。本当は、個人的な動機があって、殺したい人間を殺した。それを、世間で評判になっている一連の不可解なシリーズ犯罪の一つとして、埋もれさせようとしているわけ。頭の良いやり方ね」

「世間に対する印象だけでは、偽装にならない」

「なんで？　警察は、そんなふうには考えないってこと？」

「科学的な根拠、物証によって捜査を進めるはずだ」

「うーん、でもね、警察の人だって、人の子なんですから。先入観はあるんじゃないかな？　お、こいつは、あの関係だな、と思えば、やっぱり見逃してしまうことがあったり」

「たとえば？」海月が尋ねる。良い調子だ。

「ほらほら、あれよ、歯」加部谷も調子に乗ってきた。「わざわざ、λがなんたらってのを残しておくなんてあたり、めちゃくちゃ怪しくない？　さりげなさのかけらもあったもんじゃない」

「さりげなさが、どうして必要なんだ？」

「うーん、そりゃあ、まあだって、今までは、もっとさりげなかったと思うわけ。そんな、被害者のポケットにカードなんか入れとかなかったでしょう？　わざとらしいじゃん。だから、あれは、やっぱり、歯を抜かなければならない理由があって、それを隠そうとしたんだと思うな。そうじゃなかったら、ちょっとありえないというか、思いつかない発想なんじゃない？」

「歯を抜くこと自体に、なんらかの意味があったかもしれない」

「え、どんな？」

「いや、具体的なイメージはないけれど」

「抽象的なイメージはあるの？　話して話して」

「だから、たとえば、宗教的に意味があるとか、死後の世界では歯がない方が良いとか、いずれも、被害者にとってはプラスの行為として歯が抜かれた、という意味だけれど」

「ほう……、それは、私、考えなかった。もう、殺した人間が憎いから、死んでも歯を抜いて苦しめてやろう、ていう考えだと思ってた」

「死体を辱《はずかし》めようとするならば、誰の死体であるかを明らかにすることが必要だと思う」

「え？　ああ……、なるほど。晒《さら》し首みたいな」

「一発で仕留めているし、また、それを容易に許したという状況も、被害者が覚悟をした上でのことだった、という可能性を抱かせる。歯を抜く行為は、面倒だし、時間もかかる。それだけのことをしたのは、被害者に対する礼だったんじゃないかな」

「礼？　サービス？」

「うん」

「ふうん……、死んだら歯を抜いてくれって、頼まれていたとか？」

「そう」

「でも、ちょっと信じられないよ。そんなことをさせるなんて」

「棺桶に入れる死者には、化粧をする」海月は言った。「そんなことをするなんて、信じられない、と思う人間もいるだろう」

「だって、あれは、お葬式とかで、人に見られるものだからじゃない？」

「見せない場合でもする。服装もそれなりのものに着替えさせる。棺桶には花を入れる。故人が愛用していた品物も入れる。全部燃えてしまうのに、それを冥土へ持っていく、とイメージされているんだ」

「単なるイメージだよね」

「すべては、イメージだ。生きていることも、生きているとイメージしているだけだ。死んでいる状態も、生きているものが、死んでいるとイメージしているだけだ」

「まった、そういう哲学的なことを言う」加部谷は溜息をついた。「あぁあ、こんな話をいくらしても、事件の解決には全然ならない？」

「そのとおり。事件を解決したかったら、現場で物証を探すことだね」

「あ、来週から、実験を再開するんでしょう？　またあそこへ行くの？」

海月は黙って小さく頷いた。

「私も行こう」加部谷は言った。「お手伝いすることがあるかな？」

「ないと思う」

「うっわ、単刀直入。大丈夫、山吹さんには、もうお願いしてあるのだ、はは。被験者っていうの？　海月君がやっているバイト、あれ、半分私にやらせてくれるって。女性のデータも採ることにしてもらったんだ」

海月が視線を逸らせる。気に入らない、という仕草だろうか。

「あ、バイト料は減らないから、大丈夫だよ。怒らないでよ」

「怒ってない」

「そう？　なんか、不機嫌そう」

海月は黙っていた。テーブルの端に、食事のまえ読んでいた本が置かれている。今にもそれに手を伸ばし、読み始めるのではないか、と加部谷は心配だった。

自分の部屋に、男性が一人だけいる、という特異な条件が、しかし、もっと特異な雰囲気によってすっかり相殺《そうさい》されているように感じた。よくわからない。ただなんとなく、この人物は普通ではない、ということは確かなのだ。友達とか、男女の関係とか、そういった概念の範囲外にいる、といっても良い。同じようなことを、山吹が話していたことがある。何と言ったのか……、そうだ。

「海月って、どんどんすべてから離れようとしているんじゃないかな」

すべてから離れる？　どういう意味かと尋ねたら、山吹は首をふった。

「修行中かも」

そう言って笑っていた。

何の修行だろう。目の前にいるのに、海月の精神は、チベットの山奥にいるような、そんな感じだろうか。たしかに、ここには彼のすべてはいない、ほんの少しだけがここに留まっている、という気がする。いつか、このほんの少しを、彼は切り捨てるのではないか。そうしたら、もう完全に、海月という人物は社会から消えてしまうのだろうか。

「海月君、自殺しようと思ったことある？」加部谷は尋ねた。

「難しい質問だ」彼は即答する。

「難しい？　どういうふうに難しい？」

「自殺したいと自覚するかしないか、の境界が曖昧《あいまい》だ」

「うーん、まあ、誰でも、もう自殺しようかな、くらいは考えるってこと？　そうだね、だけど、たいていは本気じゃないよね。自殺したら、どうなるのかって想像するだけだし、自殺するなら、そのまえにこれとこれとこれをしなくちゃいけないなあ、とかそんな方向へ考えちゃうんだよね。きっとでも、自殺を本当にする人たちって、もうあとさきなく、一気に突っ走るわけでしょう？」

「そういう例が多いとは思う。すべてではないけれど。ただ、想像だ。統計はない」

「ああ、まあ、確かに、計画的な自殺ってのもあるよね、えっと、武士の切腹みたいな。大石内蔵助《おおいしくらのすけ》みたいな」

「自殺の定義も曖昧だ。死ぬ覚悟で決死の冒険に挑んで、予想どおり死ぬ場合もあるし、健康に悪いことを承知で、躰に悪いことを続けて、予想どおり病気になって死ぬ場合もある。これは自殺とはいわない」

「それはいわないよ」加部谷は首をふった。「だって、自殺の殺は、殺すっていう意味なんだから、自分に対して、その瞬間は殺人を犯さないと、自殺は成立しないと思う」

「ホームに入ってきた電車の前へ飛び込む。飛び込む瞬間には、下に落ちたあとでも逃げられる、本人は運試しか、冒険だと思っていたかもしれない。自分でも決め兼ねていた。自殺したいという明確な気持ちはなかったかもしれない。ただ、迫ってくる電車を見て、単に逃げることを諦めた」

「うーん、でも、それは自殺だよね」

「どんなものかな、と試すだけでも自殺だろうか？　手首を切って、少しだけ血を見てみよう、みんなが、驚いてくれるかもしれない、と思う」

「周囲の気を引こうという、そういうのも、ある程度はあるかもだよね」

「薬を飲んでから、友人や警察に電話をかけて助けを求める人も多い。行為の途中の段階でも迷っていたのか、それとも、最初から試してみようと思っただけなのか。そうなると、最終的に自殺が成立するかどうかは、本人の体力、あるいは諦め、つまりもう面倒だから、このまま死のうという諦め、そんなもので決まってしまう。どこに、自分を殺そう、破壊しよう、といった攻撃的な精神があるだろう？」

「駄目だ、こういう話って、聞いているだけで滅入《めい》ってくるね。考えちゃいけないかも」

「うん、あまり一人のときは考えない方が良い。加部谷みたいな人間は、特に」

「え、私？　私、自殺するタイプ？」

「ああ」

「うっそぉ！　あららぁ、誰に言われたのかしら？　言わせてもらうけど、海月君に比べたら、私、だいぶ安全圏だと思うんだけれど」

「いや、山吹だって、自殺するかもしれない」

「ああ……、山吹さんはね、そう、なんか、そんなところが少しあるなあ。ほら、きっと静かに、誰にも迷惑をかけずに、樹海とかへ入っていくタイプ？　ああでも、嫌だなあ、知り合いが自殺なんかしたら、なんていうの、影響あるよね、そういう負のエネルギィが炸裂しそうな」

「自殺する人間を、加部谷は助けたいか？」

「うーん、難しい質問ね、それも」彼女は腕組みをした。「相手によるかなあ。まあ、基本的に、自殺なんかしてほしくないよ。やっぱり、そこにいた人間がいなくなるっていうのは、嫌なものじゃない？　あ、でも、そんなことを言っているんじゃないんだよね。うん、周りが困るから、なんて言っても関係ないよね。もちろん、もし事前に話ができるんだったら、自殺なんかしない方が良いよって言えるだろうけれど、でも、結局はしちゃうかもしれないし。そうなったとき、自分が説得しようとしただけ、悲しくなっちゃうでしょう？　でも、だからといって、説得しなかったら、もっと後悔するかしら。わからないよう、やっぱり。今のところ、経験ないし」

「自分と同じ年齢の人間のことをイメージしている」

「あ、そうか……。それはそうだね。うーん、もし、自分よりも若い人が自殺しようとしていたら、もう少し自信を持って止められるかも」

「どうして？」

「そりゃあ、生きていれば、もしかしたら良いことがあるかもって、言えるじゃない。

自分がここまで生きてきたわけだし」

「相手が歳上だったら？」

「難しい」彼女は首をふった。「止められないかもしれない。そこまで生きた人なら、そっちの判断を尊重した方が良いかなって、思っちゃいそう」

「人間って、結局は自分の人生しか知らない。自分の時間しか経験していない。すべては、それと比較して、それを基準にして、推論するしかないんだ」

「だよね」加部谷は大きく頷いた。「越えられない壁だよね。自分という名前の壁」

「じゃあ、そういうことで」海月は頷いた。「カレーはごちそうさま」彼は加部谷に頭を下げた。

「え、何？　突然」彼女は仰《の》け反《ぞ》った。椅子に背中がぶつかったほどだ。「凄いこと言うじゃない。もしかして、お礼？」

「ああ」

「どうしたの？　明日から、チベットへ修行の旅に出るとか？」

「いや」

「製図の課題があるもんね」

「うん」

彼女はくすっと吹き出した。時計を見る。さきほどセットして、針を合わせたばかりの時計だ。山吹が戻ってくるまで、まだ一時間以上ある。

さて、この場に相応《ふさわ》しい話題ははたしてあるのか、それとも、もう諦めるか……。

4

赤柳《あかやなぎ》初朗《はつろう》は、暗い店の奥へ案内された。小さな個室に、ジャンパを着た男が待っていた。ラフな服装を無理にしているけれど、髪は綺麗に分けられ、天井の小さな照明で光っている。一時間まえまではネクタイを締めていただろう。

赤柳は椅子を引いて腰掛けた。

案内してくれた店員に、冷たいお茶をオーダしてから、溜息をつき、緊張感を呼び戻しつつ、相手の顔を見た。

「久しぶりですね」沓掛《くつかけ》が言った。「えっと、今は、赤柳さんって言うんですか?」

「どうも」赤柳は笑う気にはなれなかった。「何です? わざわざ、那古野まで来たのは?」

「ええ、昨日の事件のことで」

「事件? どの事件です?」

「T建設で四人が射殺された」

「ああ、あれか……」

「なにか、もう感づかれているでしょう？」沓掛の笑った形の口が傾いた。

「全然」赤柳は首をふる。「何のことかな？」

「もし、本当にご存じないのならば、お知らせしましょう」沓掛はテーブルへ躰を寄せ、赤柳に顔を近づけた。「わざわざ、ご足労いただいたのですから、これくらいはね」

「ええ、それは、どうもありがとう」赤柳は耳を貸した。

「殺された四人が、名刺大のカードをポケットに所持していました。そこに、《λに歯がない》と書かれていたんです」

「え？」

「λに歯がない」沓掛はゆっくりと発音した。

「ラムダ？　ギリシャ文字で？」

「そうです」

赤柳は、そのまま顔を後退させ、シートにもたれかかった。残念ながら、ラムダという文字がなかなか思い浮かばなかった。質問した方が良いか、それともあとで自分で調べるか、迷った。それ以外には、何をどう考えるのか、まるで思いつかない。事件のことはほとんど知らない。情報はないに等しい。

沓掛は、警視庁の公安の人間だ。東京から那古野まで来たのか。その事件のために？

ぼんやりと、そこまで思考が及ぶ。

しばらく沈黙に包まれたが、店員が、赤柳の飲みものを運んできたので、まずは喉を冷却した。

「死んだのは、誰です？」赤柳は尋ねた。自分が知っているかぎり、それは不明だと報じられていたからだ。

「あの近所に出没していた浮浪者が二人。あとの二人は……」沓掛は首を横にふった。

「今のところ、まだ特定できていないようですね」

「犯人の目星は？」当然の質問をする。

「いいえ、まったく」沓掛は僅かに微笑みを含んだ表情で首をゆっくりと横に動かした。

「どう、思われました？」

「どうって？」

「つまり、これも、一連のものでしょうか？」

「どうして、私にきくんです？」

「今は、ほかにきく人がいません」沓掛は両手を左右に広げ、笑みのパーセンテージを上げた。

インテリが喜びそうなつまらない冗談だ、と赤柳は評価した。

「まあ、なにも情報がない状況での印象ですけど」とりあえず言葉にする。「もしかしたら、単なる模倣犯かも」

「模倣犯ですか……」沓掛はうんうんと頷いた。「しかし、これまでだって、どれかは、模倣だったかもしれない。そういうこともあるでしょう?」

「それは、そのとおり」赤柳も頷く。「そもそも、最初から、模倣だったかもしれないし」

「最初から?」

「いえ、具体的に知っているわけではありませんよ」赤柳はグラスをテーブルに置いて、わざとらしく手のひらを返した。「興味を持っているのは事実だし、機会があれば、できるかぎり情報を得ようとはしました。でも、とにかく、なんにも出てこない。なんにも出てこない完璧さが、むしろ異常なくらいです。誰かが綺麗に掃除をしているとしか思えない。あらゆるものが、綺麗に消えるよう、すべてが消滅するように、デザインされているとしか思えない」

「なかなか、よく観察されていますね」沓掛は言った。「ところで、保呂草《ほろくさ》という男をご存じですね?」

「え?」

沓掛は、じっとこちらを見据えたまま黙っていた。

「知っていますよ。かなり昔の友人です。珍しい名前だから、たぶん、そいつのことだと思いますけど」

「最近になって、会われましたか?」

「いやいや、だって……」赤柳は苦笑した。「もう日本にはいない。どこにいるのかも知りません。本当に、何年になるかな。ずっと見ていませんよ」

「つい、数年まえ、日本にいたことはたしかです」沓掛が言った。

「本当ですか?」

「この近くにいたようですよ」

「いいえ、全然知らなかった。てっきり、その、地球の反対側にでもいるんじゃないかって……」

「え、どこですか?」

「たとえば、ブラジルとか、アルゼンチンとか。えっと、この近辺に出没したっていうの、どうしてわかったんです?」

「ちょっとした美術品が盗まれました」

「ああ……」赤柳は頷いた。「すると、まだそんな仕事をしているわけですか」

「まあ、ちょっとした因果のあるものだったようですね」

「わざわざ、そのために日本まで来たと?」

「さあ、それはどうかわかりません」沓掛は鼻から息をもらすような声で言った。彼は、赤柳をじっと見据える。「そうですか、ご存じなかったんですか」

「ええ、知りませんよ、本当に……。で、何ですか？　彼のことを追っているわけですか？」

「いえ、そういうわけではありません。どちらかというと、味方になってもらいたい、と願っています。もし会って話ができるならば、出向きましょう。当然ながら、彼の安全は保障します」

「なるほど、そういう意味ですか。なにか、情報を求めているわけですね？」

「会える方法を、ご存じでは？」

「まさか」赤柳は首をふった。「そこまで親しくもなかったし、それに、そんなに重要な人物だなんて、知りませんでした。考えたこともない」

「そうですか……」沓掛は頷いた。「もちろん、無理に聞き出そうというつもりもありません。ただ、できるだけ、こちらもネットワークを築いて対抗した方が良い。そうしておかないと、いつふっと消されないともかぎりませんから」

「対抗って、どこに？」

「それくらいは、ご存じだと思いますが」

「いや、わからない」赤柳は首をふった。

「そうですか?」

「一つ教えていただきたいのは、そうですね……」赤柳は言葉を選んだ。「警察は、相手がどんな存在なのかを調べようとしているのですか? それとも、それはもうわかっていて、その相手が何をしようとしているのかを知りたいのですか? あるいは、それもわかっていて、そのしようとしていることを、阻止したい、と考えているのでしょうか?」

沓掛は、その質問に黙ってしまった。答を見つけようとしているのか、あるいはこの見窄《みすぼ》らしい探偵に、どこまで教える価値があるものか、と思案しているのか。

「別に、お答えにならなくても、けっこうですよ」赤柳は微笑みかけた。難しい質問だと自分でも思えてきた。もし、尋ねられたら、自分だって答えられないだろう。

「そうですね」沓掛は苦笑した。「常に、今の赤柳さんの疑問を自問したいと思います」

「エリートらしい返答だ」赤柳はにっこりと微笑んだ。

「では、これで失礼します」沓掛は立ち上がった。「なにか、お話しになりたいことがありましたら、いつでも、どんな些細《ささい》なことでも、大歓迎ですので、ご連絡下さい」

「ありがとう」赤柳も立ち上がって握手をした。

「なかなか、堂に入っていますよ」沓掛は言った。

握手をしてから、彼はレジの方へ歩いていった。金を払ってくれるようだ。赤柳は、飲みものをまだ半分しか飲んでいなかったので、シートに一人座り直した。

沓掛は、こちらを見ることなく、ドアから出ていった。それを、観葉植物と壁の間から覗き見ることができた。それから、腕時計を見る。土曜日はもうすぐ終わり。日曜日になろうとしていた。

スローテンポのブルースが煙に濁った店の空気を振動させている。ベースの音がもう少しクリアだったら理想的だった。おそらく、スピーカの力不足だろう。そう思って、僅かに腰を浮かせ、スピーカボックスを探す。

店のもう一方のコーナの天井近くに一つ見つける。その下の暗いテーブルに女の片手だけが見えた。顔は隠れている。テーブルには、彼女一人しかいない。ゆっくりと、その手が暗がりの中へ引き込まれて消えた。

赤柳は別のスピーカを探した。しかし、もうベースの音などどうでも良かった。頭の中で、自分の行動について検討した。可能性はある。潰《つぶ》しておくべきだろう。それから、危険についての目算。店のほかのテーブルを観察する。同じコーナの近くに外国人らしい大男が三人、静かに座っている。変わった趣味の連中だ。よほど、このブルースが好きなのだろう。そのほかにも客は多いが、どれも一般のセンスの範囲内だった。

若いときだったら、もっとじっくりと時間をかけて、様子を見ただろう。待っていれば、向こうから出てくる、と考えたかもしれない。しかし、この歳になると、早く帰って休みたいといった方向へ、思考が流れるもの。たとえ、これから撃ち合いや刃傷《にんじょう》沙汰になる可能性があったとしても、そう考えてしまうのだ。

赤柳は立ち上がって、女のテーブルの方へ歩いた。案の定、隣のテーブルの大男たちが腰を浮かせ、今にも飛びかからんばかりの目でこちらを威嚇《いかく》した。

「一緒に、座っても、よろしいですか？」テーブルの一メートルほど手前で、赤柳は暗闇に向かって尋ねた。

女の白い手が現れ、どうぞと動く。いきなり撃たれるようなことはなさそうだった。赤柳は、横の野獣たちのテーブルをもう一度確認して、そちらにも頭を下げておいた。

シートに腰掛けると、相手の姿がようやく見えた。まちがいない、一度会ったことのある女だ。彼女の手が、テーブルの煙草ケースから一本を取り出し、彼女の口へ運んだ。それをくわえて火をつける。そのときの明かりで、一瞬、鋭角な顎のラインが鮮明になった。いくつくらいだろう。もちろん、若くはない。四十代、あるいは五十代か。

「奇遇ですね」赤柳は言った。

「本当に」彼女は煙とともに初めて口をきいた。

「どちらが目当てですか？　このしがない探偵？　それとも、もう一人のいかした紳士だったかな？」

「そんな二人が、どうして同席を?」

「いや、それが、呼び出されて、のこのこ出てきたのは良いけれど、とんだ見当違いってやつだった、というわけで……、ええ、まあ、彼とは昔、ちょっと仕事のつき合いがあったから、古い知り合いではあるんですよ」

「公安の沓掛警部が、那古野までお出まし。昨日の事件かな?」女は言った。

「さあ、どうなんでしょう」

「ラムダとかって聞こえたけれど」

赤柳は驚いた。沓掛と話をしたテーブルを思わず振り返ってしまった。とても声が届くような距離ではない。マイクが仕掛けられていたのか。

「よく聞こえましたね」

「え? そんな話をしていたの?」

女は惚《とぼ》けているのだろうか。赤柳は判断に迷った。しかし、この期《ご》に及んで隠すようなものでもないだろう、と思う。

「なにか、お心当たりが?」

「こちらがききたいくらい」彼女の口もとが緩む。「私にしてみたら、別になんでもないことなのに、皆さんぶるぶる震えているご様子。毒ガスとか、爆弾とか、この頃流行《はや》りの都市型テロが、よほど恐いのね。でも、情報をいくら集めてみたところで、防ぐことはできない。どうしてかわかる？」

「いえ……」赤柳は首をふった。

「やる側はとっくに分散型なのに、防ぐ側は未だに集中型」

彼女の言葉を、赤柳は頭の中で展開した。テロ組織のことを言っているのだろうか。集中型というのは、トップからの命令系統で動く組織を示している。分散型はその逆。つまり、末端の小グループが独立し、個々の判断で自由に活動している、という意味だろう。たしかに、警察組織は典型的な集中型だ。テロ組織が分散型なのかどうかは、赤柳の知るところではない。

「連絡を取り合わない。なにも記録しない。地震や雷みたいなものね」彼女は続けた。「いくら情報を集めたって、過去を分析するのがせいぜい。後始末の方策を練るのがせいぜい。こんなことで防げると思う？」

「いや、そんなこと、考えたこともない」赤柳は肩を竦《すく》めてみせた。それは正直なところだった。「どうして、こんな話を今、貴女がしているのか、どうして僕はそれを聞かされているのか、まるでわからない。ただ、少なくとも、僕は分散型ですよ」

「お話はもうお終《しま》い」彼女はそう言った、片手を軽く振った。

「あ、はい」赤柳は腰を浮かせる。そして、隣のテーブルを一瞥した。「どうも、また会えるなんて思ってもいなかったので、けっこう嬉しかったような」

新聞やテレビの報道によれば、その後の捜査によって新たに浮上した事実はこれといってなく、僅か三日にして、話題性は急速に萎《しぼ》んだかに見えた。

山吹早月は月曜日の午後から、留学生の李の手伝いのため、T建設技研にやってきた。そのとき、施設を借りている設備系の研究員である松木泰三《たいぞう》と少しだけ話をすることができた。

「いやあ、とにかく、どうなるんだろうって思ったけれど、案外、なんともならないというか、へえって感じで、もうみんな普段の仕事に戻っていたりするから、なんか、かえって恐いよね」松木が言った。

「松木さんは、死体を見られたんですか?」山吹は尋ねた。

「見たよ、といっても、写真だけど」松木は顔をしかめた。「いや、だって、写真でも、そんなもの見たくなかったよ。目に焼きついちゃってさ。実物なんか見てたら、気持ち悪くなっていただろうね」

「誰なのか、知らないかって、きかれたわけですね?」

「そう、ここのみんなが、写真を見せられたんじゃないかな」

「誰か、心当たりがある人、いましたか?」

「さあ、どうかな。僕の知っている範囲では、そういう話は聞かないけど。あ、えっと、守衛さんが、見たことがある顔だって言ったんでしょう。四人のうちの二人?」

「作業のために、その日だけ、バイトの人を集めるようなこと、ここではありますか？　もしかして、そういうふうにして、過去にここへ来た人かもしれないって思ったんですけど」

「うーん、ないと思うけど……。構造や防災は、大きな実験をするから、職人さんたちが大勢出入りすることは、たまにあるね。まあ、うちの会社の下請け関係だけど、どんな人間が入ったのかまではいちいちチェックしていないと思うな。まあでも、基本的にホームレスってことはないよ。みんな、ちゃんとした人たちばかりだから」

そんな会話があった。階段の手前、通路の端にある喫煙コーナで彼が煙草を吸っていたので、そのときにした立ち話だった。

次の火曜日の午後には、海月及介がバイトでやってきた。測定はまだテスト段階で、なかなか本測定に入れなかった。測定機器が安定しない。その結果、データが振動するためだった。李が、その対処でプログラムを直している間に、山吹と海月は、中庭に出て、ジュースの販売機まで歩いた。構造系実験棟の前には、警察の車が五台駐車されていて、入口には警官が立っている。右手に隣接している研究棟は、既に普通に使われているようである。そちらの入口には、黄色いロープが張られていなかった。

「何を調べているんだろう？」山吹はジュースを販売機から取り出しながら呟いた。

海月はもちろん答えない。答えるような意見が彼にはないのだろう。無駄な意見というものを持たない男なのだ。

現場が屋外の場合よりは、捜査をするうえでは、きっと好条件なのではないか。指紋、足跡、落ちている髪の毛、それらをすべて採取して持ち帰り、一つずつ分析をすることになる。気の遠くなるような作業量だ。自分たちがやっている研究や実験と比較しても、明らかに膨大な仕事量だ、と山吹は想像した。

人の手も、そして資金もかかることだろう。実行犯を特定して、その人物の罪を実証するために、莫大なエネルギィが消費される。もし、それだけの人と金が、もっと建設的なものに使われていたら、どれだけ多くの人間が幸せになったか、と考えられなくもない。まるで、戦争にかける金があったら、教育や福祉を充実させろ、という主張と同じだ。

海月に、その思いつきを話しても良いなと山吹は思ったものの、ああ、くらいの返事しか期待できないので、言葉をジュースとともに飲み込んで、ぐっと堪えた。

水曜日の午後には、今度は加部谷恵美が被験者としてやってきた。地味な実験だったが、少なくとも彼女が来たことで、一気に明るい雰囲気になった。加部谷が持ってきた、ドーナッツの効果も大きかった。

ちょうど三時になったので、お茶を淹《い》れて、そのドーナッツを食べることにした。お茶は、近くのコンビニで買ってきたティーバッグである。お湯は、同じフロアからポットで持ってくることができる。留学生の李、山吹、そして加部谷の三人だけだった。テーブルは窓に近く、中庭越しに構造系実験棟が正面に見えた。

「全然進展がないみたいですね」加部谷が窓の外へ視線を向けながら言った。「あれから、私、一つだけ思いついたんですけど、聞いてもらえます?」

「うん、いいよ」山吹は頷く。

「海月君にも話したんだけど……」彼女は首をふった。「全然、反応なしだったので、まあ、それくらいのやつです」

「大したことがないアイデアっていう意味?」

「いや、そんなこともないと自分では思ったんですけどね」

「どんなの?」

「えっと、セキュリティのシステムが完全に作動していたら、という仮定の上に立っているんですよ、私の場合。で、そうなると、被害者と犯人の五人は、やっぱり、実験室のシャッタから、大きな荷物の中に隠れたまま運び込まれた、ということになります」

「いや、普通に玄関を通って入った可能性だってあるよ。ただ、ビデオに記録されたはずだから、それが、テープが一回りして上書きされて消えてしまうような、時間的にずっとまえに、ということになるけれど」

「はい、それでも、けっこうです」加部谷は頷く。「とにかく、五人は、そうやって建物に入ったんですね。それで、木曜日の夜に、いよいよ決行になったわけです。一人が、四人をピストルで撃って、殺します。もちろん、四人は撃たれることを承知していました。そうなることを承知のうえで、一緒に潜入していたのですから」

「どうして？」

「どうしてかは、わかりません。変な行動ですけれど、まったくありえないってわけではないですよね？」

「うん、わかった。それで？」

「それで、ピストルを持った一人が、建物の中から、どうやって脱出したのか、というのが最後の問題になりますね」

「なるね」

「それはですね、セキュリティ・システムがある以上、脱出するのは不可能なんですよ」

「へえ、じゃあ、脱出しなかった？」

「そうです」加部谷は真面目な表情で頷く。

「まだ、建物の中にいるってこと？」

「そうです」

「ピストルを持ったまま」

「そうです」加部谷は小さく頷いてから、深呼吸をするように、肩を上下させた。「では、どうして、中にいるのに、警察が見つけられないのか……」

「うん」そこが問題だ、と山吹は頷く。

「あの一夜のうちに、どこかに壁を作ってしまったか、それとも、大きな試験体を作ってしまったか……、つまりですね、建物の一部として、その犯人は塗り込められてしまったのです」

「塗り込められた？」

「うーんと、なんて言うのかな、つまり、埋め込まれてしまったんですよ」

「もしかして、死んでるわけ？」

「もちろんです」

「誰が殺したの？」

「いえいえ、自殺ですよ」

「自殺したのに、どうやって埋め込むわけ？」

「それは、あれだけの施設があるんですから、機械を使って全自動で工事をしたんですね」

「ああ、なるほどね、へえ」

「ここは、建設技術の最先端を行く技術研究所なんですから」

「まあ、できない話ではないけれど……」

「そうでしょう？　これって、なかなかいける線だと思いません？」

「うーん、しかし、そういう大掛かりなものになると、必ず目立つ証拠が残るよね」

「警察が見つけるってことですね。ええ、私もそう思います」

「だったら、何のために、そんな面倒なことをするのかな？」

「たぶん、その死の集団の宗教的な問題なんですよ」

「死の集団？」

「そうです。そういうグループから、五人はやってきたのです。四人は単なる信者でしたけれど、銃で四人を殺した一人は、幹部クラスの人間だったのです」

「死の集団の？」

「はい。それで、教祖様からの信頼も厚かったわけで、四人を殺して、そのあと、むざむざと自殺をするようじゃあ、面目丸潰れなんですね」

「ちょっと待ってね、加部谷さん、もう話についていけないんだけれど……」

「え、わかりにくいですか？」

「うんとね、その死の集団のポリシィっていうのは？」

「人に殺されることが最大の美徳なんです」

「ああ……」山吹は口を開けた。「それをさきに言ってくれないと」

「でも、だからといって、お互いに殺し合ったんでは駄目なんです。なにも知らない第三者によって殺されないと……。事件に偶然巻き込まれて殺されるのが、神様の意思だ、という思想なんですね、やっぱり」

「へえ」山吹は感心した顔である。

「だから、四人は、もしかしたら、殺人者が誰だったのか知らなかったかもしれません。さっきは、幹部だって言いましたけれど、たとえば、顔を隠していて、誰だかわからなかったのかも」

「そっちの方が、素直に殺されるから?」

「そうそう、そうなんです。それでもって、殺人者の一人は、どうしても自分が何者かを隠さないといけません。それは、警察に捕まるどうこうの問題ではなくて、ほかの信者への示しがつかないからなんです。謎の殺人事件で四人が死んだ、それが彼らには理想的な栄光なのです。教祖様が予言したとおり、四人は幸せな最期を迎えることができた、となるわけですから」

「覆面をしたまま、建物から出ていけば良いような気がするけど」

「うーん、そこは、やっぱり、出入り困難な場所だったのに、という神懸かり的なものが欲しかったんじゃないでしょうか。とにかく、そのために、建物の中で死んで、建物に埋め込まれたというわけです」

「なかなか壮大なストーリィではあるけれど」山吹はくすっと笑った。

「あ、笑いましたね」

「いや、ごめんごめん。だけど、いくらなんでも、ちょっとありえないんじゃないかな。僕には、その、自動的に施工する機械とか、人間を建物の中に埋め込むとか、そういうイメージが具体的にわかないよ」

「できませんか？」

「そんな機械がないし、それに、そんなの、壁板や天井板を剝がしたりすれば、すぐに見つかってしまうよ。工事をしたら、あちこち汚れるだろうし、掃除もロボットがしたの？」

「でも、ドミノ倒しみたいに、上手にセットをしておけば、ちゃんちゃんって、いきませんかね？」

「いかないと思う」

ところが、この加部谷恵美の突飛《とっぴ》なアイデアが、それほど非現実でもなかったのである。

2

その前日の火曜日の午前中、愛知県警の近藤は、第一構造実験室に一人でいた。少なくとも建物の中に、十人以上の警察関係者がいるし、また、屋外の敷地内にその倍はいる。さらに、この町内近辺では、その三倍の人員が捜索や聞き込みを行っていた。

近藤自身は、幾つかの作業が一区切りつき、最初の報告書も書き、また、朝からの打合せも終わったあとだったので、ほんの少しだが、最高の忙しさからは抜け出していた。午後になれば、鑑識からの報告が出るはず。それを踏まえて、今後の方針を決定し、また忙しく動き回ることになるだろう。それまでのちょっとした休憩時間だった。食事をするために外に出ても良かったのだが、時刻は十一時五分まえで、多少早かった。そこで、一階にある大きな実験室をもう一度丹念に見てこよう、と考えたのである。

実験室のシャッタの近くに大きなミキサがあった。コンクリートを掻き混ぜるドラム状の機械だ。左官工などが使っているものを見たことがあるので、その形状は見慣れたものだったが、大きさはその何倍も大きい。ステップによじ登って中を覗いてみると、鉄板でできたドラムの内面に、コンクリートが付着し、固まっていた。外側にも、こぼれた跡があって、これも当然ながら、そのままの形で固まっている。

　ミキサは床に敷かれた鉄のレールの上にのっていた。移動ができるようである。自走するのだろうか。操作パネルには、タッチ式のスイッチが並び、液晶のディスプレィも付属している。比較的新しい機械のようだ。天井を見上げると、クレーンの黄色いフックがぶら下がっていた。クレーン自体も、フレームが壁際のレールにのっている。天井をどこへでも移動できるように作られているのだ。

　ミキサが移動できるレールを先へ辿る。ピットのように一段床が低くなっている部分の手前まで伸びていた。そのピットの中には、打ち込まれたばかりと思われるコンクリートの箱があった。非常に大きい。人間の棺桶ほどは優にある。

　近藤は、そこで自分の発想に驚いた。頭の上で電球が光ったような気がした。そんな気がするのは、無理にそれを想像するからにほかならないが、子供のときに見たアニメの影響で、ついそれを連想してしまうのである。

　彼はあたりを見回してから、準備室へ向かった。ドアをノックして開ける。中には、研究員の城田がいた。この男は、だいたいここにいるようだ。隣の研究棟に正式のデスクがあるが、こちらの方が居心地が良い、と話していた。事件があった木曜日の夜も、彼はここで寝泊まりしていたのである。

「ちょっと、城田さん、お願いできますか？」近藤は声をかけた。

「はい」沈んだ調子の声で城田が答える。

度の強いメガネをかけ、実験用の作業服を着ている。小太りで子供のような髪型だった。年齢は三十代後半。しかし、若く見えることはまちがいない。

城田がスリッパから靴に履き替えて部屋から出てきた。

「あの、ちょっと、教えていただきたいことがありまして」近藤はミキサの方へ歩いていく。「あれなんですけど、コンクリートのミキサですよね？」

「ええ、可傾式《かけい》ミキサですね」

「コンクリートを練るためのものでしょう？」

「はい」

「これが、このレールの上を移動するわけですか？」

「ええ」

「あっちで、箱の中に、コンクリートを流し込んでありますね」

「はい、試験体です」

「あれは、いつ作ったんですか？」

「さあ、どうかな、先週でしたっけね。僕はちょっと分野が違うんで、わかりませんけれど。でも、記録はあるはずです」

「ミキサは自動的に動くんですか？」

「え？　自動的？　ええ、電動ですから、そうですね、スイッチを入れれば、モータで回ります」

「たとえばですね、まぁ、仮にですよ……」近藤は両手を広げるジェスチャ。「ミキサの中に、あらかじめコンクリートの材料を入れておいて、スイッチを入れる。あとは、練り上がったら、自動的に中身をあけて、箱の中に入れる、というようなことができますか？」

「材料を入れておくって、セメントと水を混ぜたら、すぐに化学反応が起きますから、数時間で固まってしまいますよ」

「いえ、では、水はあとから入れたとしましょう」

「だったら、問題はありません。あとはスイッチを入れて回せば良いだけですから」

「傾けて、中身を外に出すのも自動ですか？」

「ミキサを傾けるスイッチを押せば」

「そのスイッチを押してから、箱の中に入っても、間に合いますか？」

「え？」城田は首を傾げた。

「えっとですね、つまり、自分自身をコンクリートの中に閉じ込めることができますか、という意味です」

「なんで、そんなことをするんです？」

「いやいや、ですから、仮に、ですよ。そういうことが物理的に可能か、という意味でおききしているんです」

「はあ……、まあ、そうですね、スイッチを押してから、これがゆっくりと傾きますから、中の生コンが流れ出るまでには、時間がかかりますね」

「どれくらい？」

「うーん、五秒か、十秒か」

「あ、じゃあ、余裕でできますね。その間に、あの箱の中へ飛び込んで、寝ていれば、上からコンクリートが落ちてくる、というわけですね」

「量が多いと溢《あふ》れますよ」

「それくらい、計算できるでしょう？」

「ええ、もちろん。でも、そんなこと誰もしないと思いますよ」

「あの箱は、何ていうんですか？」

「型枠《かたわく》のことですか」

「ああ、型枠っていうんですね、カタワク、カタワク」近藤は、ポケットから手帳を取り出して、慌ててそれをメモした。

「何ですか？　この中に死体でもあるっておっしゃりたいのですか？」

「ええ、まあ、そんなところです。可能性の一つとして」

「でも、コンクリートって、流し入れただけでは、綺麗に入りませんよ」

「そうなんですか？」

「まあ、高流動《こうりゅうどう》っていう特殊なコンクリートならばできないこともありませんけど、でも、あたりに飛び散るし、それで床が汚れるでしょうから、見たらわかりますよ。それに、流し入れたあと、ミキサの方も掃除をして、もとに戻さないといけません。それを、誰がやったのか、ということになりませんか？」

「お心あたりはないですか？」近藤は尋ねた。

「あ、もしかして、僕を疑っているんですか？　木曜日の夜中に、これを動かして、僕が後始末をしたって？」

「いいえ、そういう意味ではありません。たとえば、朝になって、誰かが、やったとか」

「掃除はすぐにしないと、コンクリートが固まってしまいますからね」

「どれくらいで固まるものですか？」

「それは、セメントの種類によってさまざまです。早く固まる種類のものもあるし、時間がかかるものもあります。まあ、普通のものだと、そうですね、掃除は一時間か二時間くらいのうちにはしないと駄目ですね」

「二時間ですか？　あの、これは、掃除をした跡ですか」近藤はミキサを指で触った。

「けっこう、コンクリートが付着している気がするんですけど」

「それは、ええ、綺麗な状態です。やりっ放しにしたら、こんなんでは済みませんよ」

3

水曜日の夕方には、県警本部の会議室へ西之園萌絵が訪ねてきた。近藤と、彼の上司の鵜飼が彼女を出迎えた。

「どうもご足労いただいて、ありがとうございます」大男の鵜飼が頭を下げる。

「いえ、こちらも、お話が伺いたかったところです。でも、珍しいですね、そちらから連絡があるなんて」西之園は椅子に腰掛けた。「建築関係だからですか？」

「ええ、そうなんです」鵜飼も椅子に腰掛け、テーブルの上で両手を合わせた。「お伺いしたいことがありまして」

「どうぞ」近藤は、テーブル越しにコーヒーのカップを西之園の前に置いた。プラスティックのカップである。

「西之園さんは、あそこの研究所の所長をご存じですか？　梶間《かじま》さんといいます」鵜飼は、隣に座った近藤をちらりと見てから、話を始めた。

「いいえ」西之園は首をふる。

「そうですか……、いえ、皆さん、ご存じないのです。副所長の青井さんは、ご存じないのでは？」

「ああ、はい、女の方ですね、学会で何度かお見かけしたことがあります」

「やっぱり」鵜飼は頷いた。

「所長か副所長が、どうかしたのですか？」

「所長の梶間さん、行方不明なんですよ」

「そういえば、そんなことを……」彼女は近藤を見た。

「いつからなのかも、よくわかりません」鵜飼は続ける。「どうも、いろいろ調べてみると、誰もよくは知らない。変なんですよ。もともとは、関東の方らしいのですが、こちらへ着任して一年くらいだということです。馴染《なじ》みがないのですね。あまり、こちらにはいらっしゃらなかったみたいです。ほとんどは、青井副所長が切り盛りしていた、といった感じでしょうかね」

「ああ、そういうのは、よくありますね」西之園は頷いた。「でも、行方不明っていうのは……」

「そうなんです。本社にも当たってみましたし、自宅へも行きましたが、本人を発見できません」

「本当ですか？　自宅は、こちらですか？」

「ええ、一年まえにこちらへ引っ越されていますね。お一人で」

「単身赴任ですか？」

「いえ、ご家族はいないようです。独身です。母親と二人だけの家族だったそうですが、そのお母さんも数年まえになくなられたそうです。まあ、本社で、知り合いだという数人に聞いた話なんですが……、ええ、かなり変わった人だったとか」

「へえ……。梶間さんですか？　下の名前は？」

「梶間繁夫《しげお》さんです。繁栄のハンに、夫のオです」

「大学で、ちょっときいてみます。学会の委員をされていたはずですから」

「お願いします」

「事件と、関係があるのかどうか、ですね」

「うーん、どうでしょう。あまり立ち入らない方が良い、という意見もあります。ただ、この方、以前はアメリカにいらっしゃっていますよ。イリノイ大学なんですが」

「へえ」

「イリノイ大学というと、あの、真賀田四季に関係があったのでは？」

「え？」西之園は驚いた。「いいえ、ああ、そう、学会があって、そこで、はい、私が子供のときに、真賀田博士と会ったことがあるそうです。私は全然覚えていませんけれど。彼女は、ＭＩＴの出身ですよ」

「ああ、マサチューセッツですな」

「近いんですか？　イリノイとは」近藤が尋ねた。

「いえ、全然」西之園は首をふった。「イリノイはシカゴの近く。マサチューセッツは、ボストンです。東海岸」

「僕、全然わかりません」近藤は苦笑いする。

「それより……、そんな方向へ捜査が及んでいる、ということですね？　その、真賀田四季関係の方へ」

「いえいえ、そういうわけじゃありません。我々は、あくまでも、殺人事件として、四人の人間を射殺した人物を特定しようとしております」鵜飼はまた、横の近藤を見る。その視線を受け止め、近藤が息を吸った。

「あの、コンクリートのミキサが実験室にありますね」近藤が話す。「あれを使って、一夜のうちに、建物の一部を増築してしまう、というようなことができませんか？　床とか壁とかを余分に作ってしまうのです」

「どうして、そんなことをするのですか？」西之園が微笑みながら尋ねた。

「目的は、まあ、各種考えられます」近藤は真面目な表情だった。「いずれにしても、なにかを隠すためです。死体、あるいは拳銃など……、それとも、あるいは、出入口を塞ぐとか」

「あ、では、セキュリティ・システムが作動しないような出入口が存在していて、それがあの夜に塞がれたのではないか、ということですね?」

「ええ、そうです」

「できないことはありません。でも、一人でそれをするのは、難しいと思います」

「何人かいれば、できますか?」

「ええ、もちろん可能です。でも、たとえば、壁を作るならば、壁の内側に人がいなければなりませんよ。壁ができたあと、外に出られなくなります」

「そこは、なんというのか、ロボットにやらせるとか」

「ロボット?」西之園は首を傾げた。

近藤は自分の前にあった大きな封筒の中から、薄い印刷物を引き出した。

「これ、T建設技研のパンフレットなんですけど」彼はそれを西之園の前に差し出し、ページを捲った。「ほら、ここに、建設ロボットのことが書いてありますよね」

「ああ、はい」西之園は頷いた。

「左官ロボットとか、溶接ロボットとか、あと、これなんか、壁に張りついて、タイルに異状がないか調べるロボットの写真が載っていますよね。そういうものの研究をしている、と書いてあるんです」

「ええ、たしかに……」西之園には、いずれも見たことのある写真だった。

「どうですか?」

「こんな機械が実際に、あそこにありましたか?」西之園は尋ねた。

「いえ、それらしいものはありませんでした。きいてみましたが、構造系ではないそうです」近藤は答える。「工事の手法を研究しているのは材料系だ、と言われました」

「ええ、そのとおりです」西之園は溜息をついた。「近藤さん、さっき、拳銃を隠すっておっしゃいましたね?」

「ええ、あと、死体も隠す」

「それは、つまり、あの建物の中にいた人物が犯人だ、という意味ですか? 一階の準備室に一人いたそうですね?」

「はい、城田さんという人です。ちょっと、そんな殺人犯といった感じではありませんが、しかし、彼が手助けをした、という可能性は考えられます。自殺したのが殺人犯で、その彼が、壁の中に埋め込まれる工事のとき、城田さんが、ほんの少し手を貸したという……」

「まあ、ありえない話ではありませんから、お調べになったら良いのではないでしょうか」

「うわぁ、駄目ですかぁ」近藤は顔をしかめた。

「まあ、正直言いまして」鵜飼が、近藤の方を見ずに話に割り込んだ。「私も、まったくその線はないと考えております」

「セキュリティ・システムの調査は、いかがですか？」西之園も話を瞬時に切り換えた。

「明日にも結果が出せる、と聞いてます」鵜飼が答える。「今のところは、しかし、明らかな異常があったとか、なにか、その盲点のような抜け穴があった、というような話は伝わってきておりませんが」

「荷物については？」西之園はきく。「あるいは、隠れ場所のようなところは？」

「それも、駄目なんですよ」近藤が首をふった。「あらゆる可能性を考えると、ここはもうロボットしか……」

「城田さんという方に、私、会ってこようかしら」西之園は言った。「銃声を聞かれているのですね？」

「ええ、音は確かに四回聞こえたそうです。そのときは銃声だとは思わなかったそうですが……、あれ、これ、お話ししましたっけ？」

「あの、私に用事というのは、これ、だけですか？」西之園は、テーブルの上にあるパンフレットを指さした。

「ええ、やっぱり、建築の研究所という特殊な場所ですから、我々の想像を超えるようなものがあるんじゃないかと」近藤が身を乗り出した。「これを見てたら、なんか凄いなあと思って……。テロに対する備えとか、地震や風に対する技術とか」

「技術研究は、実用よりも何十年も先を見ていなければなりませんから」西之園は言った。「それでも、建築なんて、応用分野ですので、そんなに最先端のもの凄い技術が導入されているわけではありません」

「やっぱり、大学院とかを出ないと、ああいうところには、就職できないわけですか？」

「いえ、そんなことはないと思います。いろいろな人がいるはずです」

「女性の研究者が意外に多いから、びっくりしましたけど」

「そうですね、現場には向かないから、よけいにそうなるのかもしれません」

「西之園さんも、こういったところに、将来、就職されるのですか？」近藤が尋ねた。

「ええ、たまに、お声はかけてもらえるんですけれど、今のところは、まだ就職は考えていません」

「やっぱり、大学に残ろうと？」

「いいえ、それも、全然」西之園は微笑みながら首をふった。「そんなこと、考えていてもしかたがありません。私が決められることではありませんから」

4

県警の本部を出た西之園は、その足でT建設技術研究所へ向かうことにした。時刻は午後六時半。そろそろ道路の渋滞も解消されつつあった。到着したのは七時を少し回った頃である。

中庭の駐車場へ車を入れて、ヘッドライトを消す。問題の実験棟の前には警官が立っていた。しかし、警察関係の車は少なかった。今日は既に撤収したあとなのだろう。事件発生から六日目になる。

車の中から携帯電話で加部谷恵美を呼び出した。

「あ、恵美ちゃん、まだ、実験？」

「ええ、あ、もう少しです。どうしたんですか？」

「うん、今ね、技研に来たところ。あとで、一緒にご飯食べにいこうか？」

「うわぁ、嬉しい！　そういうことでしたら、実験なんかすぐに終わらせますから」

「いえ、大丈夫、ゆっくりしてて。私、ちょっと、構造系の方で話を聞いてきたいことがあるから」

「あ、もしか、捜査ですね？　そっちも行きたあい」

「だめだめ、被験者でしょう？　平常心で、しっかり頑張って」

「あ、西之園さん、あの、国枝先生が……」

「え？　先生がいるのぉ？」西之園は驚いた。

「代わりますね」

「いや……」思わず顔をしかめてしまった。

「もしもし」

「あ、先生、こちらにいらっしゃったのですか。お疲れさまです。遅くまで大変ですね」

「これが私の仕事だから」国枝が淡々と言った。「貴女の仕事は、何だったたっけ？」

「あ、はい、いえ、大丈夫です。わかっていますから」

電話が切れた。

西之園は、思わず舌打ちをする。設備系の建物を見た。二階の窓に人影が立っている。誰だろう。逆光でシルエットだった。国枝がこちらを見ているのかもしれない。

息を吐き、気を取り直してからドアを開け、外に出た。国枝のいる方角は見ないことにする。構造系の建物に向かって真っ直ぐに歩いた。守衛の小屋の方を見ると、その向こうのゲートに人影があった。敷地の外だ。一度視線を逸らしたものの、気になったので、もう一度しっかりと焦点を合わせる。彼女は立ち止まり、二秒ほど考えてから、そちらへ近づいていった。

ゲートの外側に立っていたのは、赤柳初朗だった。西之園が近づいていくと、満面の笑みで頭を二回下げた。小屋の中で守衛がこちらを見ているのがわかった。

「どうしたんです？　こんなところで」彼女はきいた。

「あ、いや、やっぱり、西之園さんでしたか、ポルシェが入っていったから、もしかしてって思ったんですよ。こちらには、どうして？」

「ええ、共同研究をしていますので」西之園は小さな嘘をついた。しかし、国枝研が共同研究をしているのは事実である。「赤柳さんは？」

「僕は、その、単なる偶然ですよ。ぶらりと、そのあたりを歩いていただけです」

「散歩ですか？」

「まあ、そんなところですな」

「素敵な散歩ですこと」

「はい……、恐れ入ります」

「では、失礼します」西之園は軽く頭を下げた。

「あ、あ、西之園さん……」赤柳は呼び止めた。「あの、申し訳ありません、えっと、なんですか、あたりに警察が沢山いますね。事件でもあったのでしょうか？」

「そうかもしれませんね」彼女は答える。

「うーん、そうですか」

「あの、もう、よろしいですか？」

「保呂草さんのことをご存じですよね？」

「え？」

赤柳の口が笑みを含み、白い前歯が僅かに光った。

「何のお話ですか？」西之園はきいた。

「いえ、大変失礼いたしました。また、機会と場所を改めましょう。こんなところで立ち話をするような内容でもありません。そうでしょう？」

西之園は赤柳を黙って見据えた。

「私、その、彼とは、けっこう古い知り合いなのです」赤柳がにやにやとした顔のまま言った。

「保呂草さんと？」

「ええ」赤柳は頷く。

「それは、昔は泥棒の一味だった、という意味ですか？」

「いえいえ、とんでもない」赤柳は目を丸くする。「私は、一貫して、若い頃から、堅《かた》気《ぎ》の仕事をしております」

「それが普通です」

「はい、私は普通です」

「大事なお話があるのなら、お聞きしますけれど」

「いえ、やはり、またこの次の機会に……、あの、お仕事なのでしょう?」

西之園は考えた。赤柳は鎌をかけているだけだろう。あまり、相手のペースにのるのもまずい。ここは引き下がることにした。

「わかりました。では、またいずれ」

「どうも……、いつもお美しい。お会いできて、光栄です。ありがとうございました」

大げさなことを言う男だ、と西之園は思った。

赤柳と別れて、再び守衛小屋の前を通り、守衛にも軽く会釈をしておいた。探偵というのは、堅気の仕事だろうか、と彼女は考えていた。

構造系研究棟の玄関まで来たとき、ゲートを振り返ったが、既に赤柳の姿はそこにはなかった。

5

研究員の城田孝治《こうじ》に会うために来た。県警にいるときに、近藤から電話をかけてもらった。したがって、この建物の二階に彼がいることはわかっている。玄関を入るときに、セキュリティ・システムがあって、インターフォンのボタンを押した。男の声に用件を尋ねられ、城田の名を出すと、しばらくして、今度は声が代わった。

「あ、城田ですけど。えっと、警察の方ですね？　そっちへ出ていきましょうか？」

「あ、いえ、私はN大の建築の学生です。西之園といいます」

「N大？」

「あの、そちらへ伺います。ドアを開けていただければ」

「一人ですか？」

「はい」

「わかりました。今開けます。二階です。ロビィから階段を上がってきて下さい」

ロックが解除される音がして、自動ドアがスライドする。無人のロビィには、研究成果だろうか、説明文が添えられた写真のパネルが何枚か展示されていた。吹き抜けの空間の壁際に階段がある。西之園はそこを上がっていった。

二階の通路に出ると、奥から作業服姿の男が近づいてきた。

「あ、あの、城田ですが……」びっくりしたような顔をしている。

「西之園です。はじめまして」

「N大の建築ですか？　マスタ？」

「いえ、ドクタコースです」

「どこの研究室?」

「犀川先生です」

「ああ、あそこか……、ああ、じゃあ、あ、あのぉ?」

「え?」

「いや、え、え、西之園さんっていうんでしたね。あ、知ってますよ、ええ、噂を聞いたことがあります」

「どんな噂ですか?」

「あ、あ、いえいえ」城田は笑顔を喉の奥へ押し込めるように、咳払いをした。「どうして、また、こちらへ?」

「ここは、初めてです」西之園は建物を見た。「一度、見せていただこうと思っていたのです」

「ああ、建物ですね。ええ、まあ、その、新しいといえば新しいですね。特徴としましては、スーパ・ストラクチャといって、建物の外側にしか柱がありません。このあたりの壁はすべて、単なるパーティションです」

西之園もそれには気づいていた。建物の内側に柱がない。広い空間を長大な梁《はり》で支えているのである。

「地震にも、大丈夫なのですね、これで」

「免震構造ですから」城田は言った。

「ああ、なるほど」

通路を奥へ進んで、大部屋に入った。広い空間が、低いパーティションで区切られ、その中にデスクがあった。何人かの顔がこちらを向く。少なくとも七人、部屋のデスクの数はその三倍くらいだろうか。窓際にある応接スペースに通される。

「何がよろしいですか？　コーヒーですか？　紅茶ですか？」城田がきいた。

「いえ、おかまいなく。本当に……」

「いや、僕も飲みたいので。コーヒーにしましょうか？」

「あ、はい、それじゃあ」

城田は引き返して部屋から出ていった。西之園は、ソファに座るまえに窓から外を覗いた。方向としては中庭側になる。すぐ近く、左手の下に守衛小屋があって、ゲートや表の道路もよく見えた。また、右手には、大型クレーンのあるヤードがあって、そこが、隣の実験棟の前になる。実験棟の建物自体は、もちろん見えない。中庭の向こう側の正面には、国枝研究室の面々が実験をしている設備系の研究棟がある。

室内に視線を戻すと、まだ部屋の中にいる何人かが西之園の方を眺めていて、目が合った。彼女は、ソファに腰掛ける。パーティションのおかげで、もう誰からも見えなくなった。

壁際に観葉植物が幾つかある。その間に透明の大きなケースに入った建築の模型が置かれていた。この研究棟自体の模型らしい。一部がカットされて、基礎部や内部構造が赤い色を塗られて強調されている。きっと、もともとはなにかのイベントに使われたものではないだろうか。

トレィに二つのカップをのせて、城田が戻ってきた。

「恐れ入ります」西之園は一度立ち上がって頭を下げた。

「そうかそうか、思い出しましたよ」城田はソファに座りながら話す。嬉しそうな表情だった。「僕、こっちへ転勤になるまえは、千葉にいたんですけど、そのときにもう、西之園さんの噂を何度も耳にしました。そうか、N大ですものね、こちらですよね。嬉しいなあ」

「あの、どんな噂なのでしょうか?」

「いやいやいやいや、もちろん、悪い噂ではありません。大丈夫です、安心して下さい。もうばっちりですよ。まだ、デビューとかはされないんですか?」

「は?」

「いやいや、うーん、あ、まあ当然、そんな話をされにこられたわけではありませんね、すみません。はいはい。どうぞ、ご用件を」

「はい、あの、もちろん、事件のことで、少しだけお話を伺おうと思ったのです」

「やっぱり、あれですか？　うーんと、密室殺人だから？」

「密室だったのですか？」西之園はわざとらしい質問をしてみた。

「そうですねぇ、密室は密室だったんですが、でも、僕がその中にいたんです。だから、密室とは呼べませんよね。僕が犯人かもしれないわけだから」

「でも、拳銃が見つかっていませんね」

「あ、そんなのは、あそこの窓からでも」城田は壁の方を指さした。そちらが実験棟の方向である。「外に投げられるじゃないですか」

「警察に、そう話されました？」

「うーん、そんな話はしていません。銃声を何回聞いたのかとか、どうして、あんなところで寝ていたのか、とか、まあ、そんな質問ばかりで」

「準備室では何を？」

「測定関係のプログラムをしていました。最終段階だったので、機器を接続して、テストをしていたんです。まあ、よくあることですね」

「あちらで、その、仮眠をされることも、よくあることですか？」

「そうです、ええ。あっちの方が一人になれるでしょう？　この部屋は大部屋で、デスクで寝るのも、ちょっと気が引けますよ、誰かに覗かれますからね」城田は身を乗り出して小声で囁いた。「どうも、まだ、ここに溶け込めないんですよ、僕……。なんていうのか、疎外感？　一種の、そういう感じのやつですね、ええ、感じてます」

西之園は黙って頷いたものの、彼の気持ちを分析することは諦めた。多少特徴のある人格だな、というのが第一印象である。それは、まちがいないだろう。しかし、そんなに珍しいわけでもない。

「なにか、不審なことに気づきませんでしたか？　どんな小さなことでも良いのですが」西之園はおきまりの文句を口にした。そして、どんな切り口で話を進めようか、と考えていた。

「いえ、実は、デスクの中を覗かれたりするんですよ」さらに声を落として、城田は言う。

「ここの？」

たぶん、西之園の質問を勘違いしたのだろう。この職場で疎外感を抱いている、つまり周囲の人間に対する不信について彼女が尋ねたと理解したようだ。

「僕があっちで寝ていた夜も」

「デスクの中ですか？」

「そう、引出しを開けられた形跡がありましてね」城田は眉を寄せて言った。それから、立ち上がって指をさした。「あそこですけど」

西之園も立ち上がって、そちらを確かめた。すぐ近くのコーナである。全体は見えないものの、綺麗に整頓された新しいデスクだった。

「何が入っていたのですか?」しかたがないので質問した。

「いえ、そんな大事なものは入れておけませんよ」城田は苦笑いして続ける。「以前に、文房具がなくなったことがあったので、気にはしていたんですけど」

「引出しが開けたままになっていたのですね? ちゃんと閉めてあったものが」

城田は首を横にふった。

「違うんですか?」西之園はきく。

「開けて、中を探して、また戻した。じっくり調べていったようです」

「えっと、どうして、そんなことがわかったんです?」

当然の質問である。ビデオカメラでも設置して隠し撮りをしないかぎりわからないのではないか、と西之園は想像したのだ。

城田はコーヒーを一口飲んだ。それから、一度だけ西之園から視線を逸らしたが、また、彼女を見据える。僅かに口もとを緩め、また、顔をこちらへ近づけてくる。彼女も身を乗り出して、耳を貸した。

「測定器を仕掛けておいたんですよ」城田は囁いた。「夜中にちゃんと記録をとっていたんです」

「何の記録を?」

「だから、引出しの動きを」

「ああ……」西之園は目を見開いたまま頷かざるをえなかった。本格的すぎる。そこまでするなんて、少し異常だ。「変位計とパソコンで？」

「いえ、加速度計ですけど」

「なくなっていたものがありましたか？」

「いや……、なにも。でも、探したんでしょうね」城田は続ける。「あんな事件があったくらいですから」

「何を探したんですか？」

「それは僕にはわかりません。でも、きっとなにかを探したんだと思いますよ。死体の歯を抜いたことだって、結局はそれと同じでしょう」

「え？　どういうことですか？」

「歯の中に隠していると思ったんじゃないですか？」

「何を？　どうして歯の中に？」

「秘密は、歯の中に隠しませんか？」

「いえ……、私は、そんなふうには考えませんでしたけれど」

「僕は、すぐ、そう思いましたよ」城田はメガネを指で押し上げる。「警察にも、それ、言ったんですけどね、なんか、取り合ってもらえないって感じでしたね」

「あの、すみません、城田さん以外の、ほかの方のデスクは、荒らされなかったのですか？」

「それはわかりません。誰にもきいていませんから」城田は首をふった。「だって、誰が犯人かわからないのに、むやみにきけないじゃないですか」

「え、それじゃあ、ここの人を疑っていらっしゃるのですね？」

「セキュリティがありますからね。そう結論せざるをえないんじゃないですか」

「なるほど。でも、あのシステムだって、それなりの技術を持った人ならば、なんとかなるんじゃないか、と私は思いましたけれど」

「無理無理」城田は首をふった。「そんな、やわなものじゃありませんよ。プログラムはチップに焼いてあるんですから。簡単に修正できるものじゃない。最初から別パスを仕込んでおけば話は違いますけれどね」

「ベツパス？」

「ええ、プログラムの最初の段階から、たとえば、このキーワードが入力されたら、この動作をする、というように、盛り込んでおくわけです。そんな計画的なことをするとは思えないでしょう？　それに、もしそんなことしたら、調べられたらばれてしまう。証拠が残っているし、誰がやったかも、ほとんど特定できますからね。ああ、だから、もし、それをするなら、セキュリティを壊していくか、どこかのドアをわざと開けて、そちらに注目させるか、するんじゃないですかね。そっちの方がずっと安全でしょう？」

「警察はそこまでは調べないだろう、と考えたのかもしれませんよ」

「うん、だったら、僕をはめようとしたってことですかね」城田が人差し指を自分に向けた。

「え、どうして？」

「うーん」城田は腕組みをして唸った。

「ちょっと待って下さい。城田さんは、ここの誰かが怪しいと考えている。それ、先週の事件についても同じなのですか？」

「ええ」彼は頷いた。

「でも、どうやって？　具体的に、どんなアクセスの方法がありますか？　もし、セキュリティ・システムに異常がなかったとしたら」

「僕が一番疑っているのは、地下ですね」

「地下？」

「排水溝が、こちらの研究棟の地下と繋がっている。経路が同じです。ほかからでは無理ですけど、この建物からならば、出入りができそうな気がする」

「気がする、だけですか？　調べられたわけじゃあ……」

「図面ではそれらしく見えます」

「実際に確かめられましたか？」

「そんな真似をしたら、消されてしまいますよ」城田が眉を顰《ひそ》めて言った。

「消されるって？」

「ああ、やめておきましょう、もう」彼は苦笑いした。

よくわからない。ジョークだったのだろうか。

「警察には、それ、お話しになりました？」

「いちおうは」城田は頷いた。

6

「そんな地下の経路が、本当にあったんですか？」加部谷恵美が高い声できいた。

「ないって」西之園は首をふった。「ちょっとびっくりした。あそこの技研には就職したくないかもって思った」

「まあ、どこでも、少し変な人はいますよね」山吹が言う。

「山吹さん、落ち着いていますね」加部谷がすかさず言った。

ファミリィ・レストランで、食事をしている。西之園と加部谷はスパゲッティ。山吹は和風ハンバーグ定食だった。既に、それらの皿は片づけられ、今は飲みもののカップやグラスしかない。

城田の話を聞いたあと、西之園は念のために近藤刑事に電話をかけて尋ねてみた。地下に秘密の経路があるのか、ないのか。それを警察は調べたのか、という疑問だ。馬鹿馬鹿しいとは思ったけれど、僅かな可能性でも、検証は必要だろう。

「ああ、ええ……、城田さんが言われてましたね、調べましたよ、それ」近藤の返事は明るかった。「たしかに、排水経路が図面上では、繋がっているんですよ。でも、残念ながら、人が入れるようなところではありません。しっかりとした鉄の格子が取り付けてありますし、第一、蓋を持ち上げることだって、一人では無理でしょう。もちろん、最近出入りしたような形跡もありませんでした」

「近藤さん、ご覧になりました?」

「見ました」近藤は答えた。「研究棟の地下ですよ。コンクリートとオイルの匂いがきつかったですね。埃《ほこり》っぽかったし」

「引出しを開けたという泥棒の話は?」

「はい、それも聞きましたよ」

「どう思われました?」

「さあ、いちおう、情報としては、受け止めております。まあ、はい、それだけですね」

そんな話だった。食事をしながら、西之園は、事件のことで自分が知っていることを加部谷と山吹に話した。その最後が、さきほどの城田のことだった。

「でも、結局、全然不思議なままなんですね」加部谷が口を尖らせる。「セキュリティを信じるとしたら、本当に本当に、殺人犯は煙のように消えたのかってことになるじゃないですか」

「僕は、それよりも、歯の方が気になるなあ。マスコミも、そこを強調しているよね」

「あ、そうだ、城田さんが、変な話をしていた」西之園は思い出した。「えっとね、その、歯の中に隠しているものがあって、それを見つけようとしたんだって。人の引出しを開けるようなものだって、どうも言いたかったみたいだけれど」

「引出しと歯では、だいぶ違いますよね」加部谷は片目を細くした。「引出しと歯、引出しと歯」

「うーん、でも、わりと面白い発想じゃないですか」山吹が言った。「引出しって、目の前にあれば、ついつい開けたくなるものかもしれない。子供なんか、手当たりしだい、開けますよね。その衝動を抑えられない人っているんじゃないかな」

「いますか？　そんなの」加部谷がきいた。

「万引きなんかでも、もう病的にそれが我慢できない人がいるらしいし。その、別にお金がないわけでもない。ちゃんと買えるだけのお金を持っているのに、ついつい、手に取って、そのまま鞄とかに隠してしまう、自然にね、その衝動に抵抗できない、というような……」

「じゃあ、なんですか、人の歯を見たら、口を開けて、抜かずにはいられない人がいるってことですか?」加部谷がさらにつっこむ。「そうか、昔は歯科医をしていたけれど、ちょっとした医療ミスで、医師免許を剥奪されて、今は歯を抜くことができなくなってしまった。自分の歯を抜いてストレスを解消していたけれど、それも全部もう抜いてしまった。もうこうなったら、とにかく誰でもいいから、歯が抜きたい。思いっきり抜きたいぞ、みたいな?」

「うーん」山吹が頷いた。「加部谷さん、ディテールに拘《こだわ》る方だね」

「え? 冗談で言ったのにぃ」

「わかっているよ、冗談にきまってるじゃん。だけどさ、そんな感じの人って、程度はもっとゆるいにしても、わりと、世の中にいるんじゃないかなって思うことあるよね」山吹は冷めた表情のまま淡々と話す。「あるいは、それが殺人の直接的な動機になってもおかしくないかなって」

「おかしいですよぅ」加部谷が訴えるような目を西之園に向ける。「変ですよね?」

「どうかな……」西之園は答える。「人を殺してしまう、というのと同じくらい異常ではあるけれど」

「人殺しの方が、むしろノーマルかもしれませんよね」山吹が言う。「迷惑度は絶大ですけれど」

「何が基準で、異常だとか、正常だとか、言っているんでしょう、私たち」加部谷が目を細めた。

「まあ、そこは、ファジィだよ」山吹は自分で納得して頷いている。

「うーん」加部谷は紅茶のカップを持って、それに口をつけた。「駄目だ、頭が回らない。そっちへ考えていくと、駄目ですね。なにも確かなものがない感じ」

「あと、所長さんが行方不明ってのも、気になる」山吹が話題を変えた。「大企業の研究所の所長でしょう？　そんなことでよくクビにならないなあ」

「殺人と密室と歯と行方不明と、えっとあとは、λですね。ああ、謎ばかりじゃないですか。一つも解決してないし」加部谷が溜息をついた。「なにか一つでも、私たちの力で解けたらって思いません？」

「うーん、ま、やっぱり、一番の謎は、動機だと思うなあ」山吹が言う。「たぶん、これだけは犯人が見つかっても、最後までわからない、なんて気もするけれど」

「今日は、海月君は？」西之園は尋ねた。

「たぶん、下宿にいると思いますよ。電話がないから、呼び出すこともできませんけど」

「みんなで、噂をして、くしゃみをさせましょう」加部谷が言った。「海月君が、どうかしたんですか？」

「いえ、なんとなく、彼の考えを聞いてみたい気がしたから」西之園は呟くように言った。しかし、どうしてそう思ったのかは、彼女自身よくわからなかった。

第5章　もういない人

「じゃ、もう何も嘆くことはないね？」と神さまの声がたずねた。

「もう何もありません」とクヌルプはうなずき、はにかんで笑った。

「それで何もかもいいんだね？　何もかもあるべきとおりなのだね？」

「ええ」と彼はうなずいた。「何もかもあるべきとおりです」

1

西之園萌絵は、その夢を初めて見たとき、覚醒とともに涙が溢れ、しばらく止められなかった。その後も、二度、同じ夢を見た。そして、三度めの朝には、幸運なことに、近くに犀川創平《そうへい》がいた。彼女は、夢の内容を彼に話す決心をした。

夢の中で、彼女は死んでいる。顔にシートがかけられているため、なにも見えない。青とも赤とも、白とも黒ともつかない色のシート。もしかして、色がないのかもしれない。シートだとわかるのは、そのあとで、それが取り除かれるからだった。それが取り除かれることを、彼女は予知している。

人の手が、生きている人の手が、彼女のシートを持ち上げる。そこに、高い天井の骨組みが見え、視界のぎりぎりで人の頭が動いて、すすり泣くような声も聞こえてくる。

ああ、私は死んだのだ。

誰かが、私が死んだことを確認するために来た。

誰だろう。誰が来るのだろう。

私のことを知っているのは、誰だったか。

身近の者が、そう、誰かいたはず。

少し恥ずかしい。動けないので、しかたがない。もう、早く済ませてくれないかしら。シートをもとどおりかけてくれないかしら。誰だっていい。私が死んだことにはかわりはない。もう会えない。誰にも会えないのだ。起き上がることもない。これから、もう消えてしまうところなの。ここから、いなくなってしまうのだから、もうそんなに泣くことだってないのに。

目の前に顔が現れる。

若い女の顔だった。

こちらへ涙が落ちてくる。

ああ、可哀相に、早く見切りをつけなさい。もう、そんなにいくら見つめていたって、なにも貴女のものにはならないのよ。諦めなさい。

ああ……、貴女が誰だったのかさえ、もう思い出せないわ。

もう、そんなことはどうだっていい。

そうなんだ。すべてがどうだっていいこと。

どうにかなってほしいなんて、どうして思ったのだろう。

なんとなく、あれも、これも、なってほしい、あれも、これも、してもらいたい、そんなことを沢山、沢山、考えたような気がする。こちらの石をあっちへ置かなくちゃ、あちらの石はそちらへ……。そんな小さなことばかりを、ずっとずっと繰り返してきた気がする。

そう、思い出した。私は今まで、生きていたのだ。

生きているって、そんなちっぽけな、石を少し移動させるだけのことだった。いえ、移動したい、と思うだけのことだった。

そうなんじゃない？

思うってことは、何？

そう……、どうだっていいこと。

なにものにも影響しない。なにも変化しない。自然の摂理に逆らっていた。そう、たとえば、水の流れにときどき生まれる渦のようなものかしら。あっという間に、跡形もなく消えてしまう。もともと、そんなものは、ものとして存在しなかったのよ。ほんの少しの、なにかの加減で、ひとときだけ現れた渦。そこに光がたまたま当たっていたから、一瞬だけほんの僅かに光って見えただけのこと。泡の一つも巻き込んだかもしれないけれど、それだって、すぐに、ほら、もとどおり。なにもなかったのと同じでしょう?

そうなんじゃない?

ああ……、もういいの。

すべては、平坦になる。

気持ちが良いわ。

穏やかだわ。

だから、貴女も、もう少しだけ、我慢をして生きていなさい。

今に、この素晴らしさが迎えにくる。

必ず、迎えに来るのよ。

大丈夫。

いつかきっと、ちゃんとここへ来られる。

大丈夫だから。

ね……。

可哀相に。

そんなに、泣かないで。

もういいのよ。

貴女の優しさはわかったわ。

もういいの。

やがて暗くなった。再びシートがかけられたのか、それとも、自分が少しだけ沈んでしまったからなのか。

彼女の抜け殻も、天井はおろか、床も、そして地面も、どんどんと高く上がっていく。自分だけが下へ、加速しながら降りていく。

沈んでいく。

そんな夢だった。

三度めのときは、もっと見たいと思って、自分を落ち着かせていたけれど、やはり落下が加速したところで目が覚めた。

ベッドから起きあがり、顔に手を当てた。時計を見て、明るい窓を見て、床に足を下ろす。立ち上がって、鏡を見にいった。

たしかに、自分の顔がそこにあった。

眠そうな目は、自らを捉えて、驚いたような形。

泣いていない。

三度も見れば、慣れるということか。

朝食のときに、その夢の話を犀川にした。客観的に説明をするつもりだった。つまり、それは、自分の母親が死んだときの夢で、自分は、その死んだ母自身になっている。母の視点で自分を見る夢なのだ。

ただ、見ているものは、特にどうということはない。それよりも、その視点によって、母の気持ちが実にリアルにわかった。遺《のこ》していく娘のことを心配しているふうでもない……。

「もっと、そう、自然に還るという気持ちなんです。水や空気になっていく気持ちなんです。実際には地面の中へ墜ちていくんですけれど……、でも、恐怖なんて全然なくて、とても清々《すがすが》しい、綺麗な気持ちなんです」

そうだ……、たとえば、歯をすべて抜かれても、なんとも思わない。感じない。絶対的に穏やかな気持ち。それくらい、安定している。落ち着いている。

ただ、ゆっくりと、そこから離れて。

深く深く沈んでいくだけ。

もっと、落ち着ける場所へ。

さらに安定できる場所まで。

「たぶん、私が持っているイメージなんでしょうね」

「君の夢なんだから、全部、君が持っているイメージだよ」犀川はそこでコーヒーに口をつけた。視線が真っ直ぐに彼女を捉えていて、それは普段よりは、いくぶん力強かった。

「なんとなくなんですけれど、悲しみとか、寂しさみたいなものはなくて、もっと抜けるような爽快さというのか、とにかくクリアなんです。ああ、これでもう、生きものをやめられる。土に還っていけるんだ。やっと平和が訪れる。もとどおりの、あるべきところへ戻ったのだな、そんな、安堵感というのでしょうか」

「うん」犀川は頷いた。観察するような視線で、まだ彼女を捉えていた。「それで?」

「大丈夫ですよ、先生」西之園はゆっくりと微笑んだ。いつもよりも、自分はおっとりしている、と彼女は感じた。「私、自殺したりしませんから」

「もし、可能ならば、自殺するときには、相談してほしい」

「嬉しい。ありがとうございます。その節には、是非」

西之園は、しかし、その言葉で多少の不安を喚起された。それを素直に口にしようか、それともこのまま黙って忘れてしまおうか、数秒間迷った。結局、当たり障りのない言葉だけが残った。

「先生も、自殺されるときは、是非、私に事前におっしゃって下さいね」

「そりゃあ、事後には言えないよ」それが犀川の返答だった。

そんなことはない、と西之園は思った。遺書というものがある。あれは、嫌なものだ。死んだ人間、この世にもう存在しない人間の言葉を聞くなんて……。もしも最愛の人のものならば、なおさらである。

両親との突然の別れから、十年にもなる。自分が見た夢は、結局のところ、自分なりの収納ではないか、と西之園は考えた。解釈といえば格好が良いが、むしろ、そこへ落としておこう、落としてしまおう、という手頃な落とし場所を見つけた感じに近いようにも思えるのだ。

いつまでも、持っているわけにはいかないのだから。

生きて遺された者だけに、満たされない意志、そして未練が、しばらくの間は残留することになる。しかし、死んでいく者は、悲しくはない、寂しくもない。

真賀田四季は、人の生はプログラムのバグだと言った。ならば、死ぬことで、バグは排除される。さっぱり綺麗になれるのか……。

沢山の異常な死に出会った十年だったな、と西之園は考えた。今回の事件が、彼女にそれを気づかせたのかもしれない。死というものは、不思議なものだ。誰にでも訪れるごく身近で日常的な現象なのに、何故か、常に生から一番遠いところに追いやられている。言葉にすることさえ嫌がられる。子供が死について尋ねると、「そんな縁起でもないことを言わないで」と大人は顔をしかめるのだ。

みんなが、忘れよう忘れようとしている。身近にそれを持ち込んでこようとする人間は忌み嫌われる。たとえば、殺人者がそうだ。

人間は、命というものを、まるで自分の所有物であるかのように認識している。自分が獲得して、自分で育て上げたものだと錯覚している。自分の作品だとでも思っているようだ。それだから、それを取り上げられることに、最大の恐れと恨みを抱いているのだろう。

でも、そもそも、すべては自然に発生したもの。自分ではコントロールが難しいもの。手に入れたり、交換したりできないもの。自分の中にあるようで、実は、自然と同じものなのだ。

天気にだって、晴や雨がある。嵐もある。誰かがコントロールしているのではない。生きものは全部、自然に生まれ、自然に消えていく。

蟻の大群が移動しても、すべての蟻が目的地に到着するわけではない。人間にだって、自殺する者がいる。殺される者がいる。

川を石が転がれば丸くなる。山は隆起し、海は深くなる。月の引力で潮は満ち引きを繰り返し、日食も、地震も、雷も、誰の意思でもなく、自然に起こるのだ。

そんな中にあって、一人の人間の死が、自身や他人の意思によって、ほんの少しだけ道筋を変えられることが、自然の摂理とは正反対の、極めて特殊で邪悪なものだと、どうしていえるだろう？

「今は、こうして静かに、先生に話せるようになりましたけれど、最初にその夢を見たあとは、もう、涙が止まらなかった」彼女は微笑みながら話すことができた。「どうしてかしら。いったい、どうして涙が出るのでしょう？　悲しいって、いったい何だろう？　私が悲しいと思うことには、どんな意味があるのでしょうか？」

「不思議だね」犀川は言った。

「え？」西之園は少し驚いた。「何が、不思議なのですか？」

犀川は答えなかった。

煙草を箱から取り出し、口にくわえて火をつけた。

もう食事は終わったようだ。

西之園は、椅子から立ち上がり、テーブルの反対側にあった灰皿を取ろうとした。しかし、同時に犀川も立ち上がって、そちらへ腕を伸ばした。結局、犀川が灰皿を自分の前に移動させた。

煙が空気に浮かんでいるのを彼女は見た。漂っている。

まるで、人間の意思のように。

彼女は、自分の椅子に座るのをやめて、テーブルを回って犀川に近づいた。彼が持っていた新しい煙草を取り上げて、それを灰皿で揉み消した。

「あれ、ここって、禁煙？」犀川が言う。

西之園は、犀川の膝に腰を下ろして、彼に抱きついた。犀川は組んでいた脚をほどいた。彼の胸に顔を埋めて、彼女は自分が今泣けるかどうか、試そうと思った。

「あのさ」犀川が囁く。

「駄目、黙ってて」

「一つだけ」

「もう……」西之園は顔を持ち上げる。「何ですか？」

「城田さんのデスクを見た？」

「見ました」

「散らかっていた？」

「いえ、綺麗でしたよ」

「どちら向き？」

「は？」

「方角だよ」

「風水ですか？」

「ああ、それ、面白いね」

「えっと」西之園は機能停止しつつあった頭をもう一度働かせ、あの部屋と敷地の関係を思い描いた。「えっと、座ると西を向きます。つまり、隣の実験棟の方を」

「うん、良い方向だ」犀川は言った。

「やっぱり、風水ですか？」

犀川は口もとを少しだけ緩めた。

彼女はその彼の口にキスをした。このキスは、風水のためではなかった。

2

彼は夜の公園を歩いていた。口には煙草をくわえている。ときどき、舗装された地面を枯葉が滑っていった。白い街灯は成長した樹々の外側にあって、細かい隙間からしか光は漏れてこない。

ベンチの後ろ、地下の排気口のコンクリートにもたれかかっている人物を、彼はじっと見る。向こうもこちらを見た。そちらへ近づいていき、低い石段に片足をのせて、その男の方へ顔をゆっくりと近づけた。

「葛西《かさい》さんを探している」彼はきいた。「知らないか?」

「煙草の良い匂いがするよ」男は喉の奥から絞り出すような声で言った。

彼はポケットから煙草を取り出し、箱ごと男に手渡した。

「ライタは持っているかい?」

「ああ、ありがとう。持っているよ。おお、これは、嬉しいな。あんた、自分の分は?」

「もう吸った」彼は、そう言うと、吸っていた煙草を捨て、靴で揉み消した。

男は新しい煙草を一本口にくわえて、上着や、もう一枚下の上着のポケットに手を入れ始めた。ライタを探しているようだ。彼はそれを辛抱強く待った。男はようやくライタを見つけ出したが、何度かトライしても火がつかなかった。

「申し訳ない、火を貸してもらえないかな」男がこちらを見て微笑んだ。

「僕も、知りたいことがある」彼は言った。

「ああ、葛西か……。うん、奴なら、ああ、たぶん、あっちの陸橋を渡って、噴水の手前で待っていれば、そう、あと一時間もすれば、来るんじゃないかな。あんた、何者だい?」

「ありがとう。恩に着るよ」彼は、ポケットから大きなライタを取り出して、火をつけた。

その炎が、男の顔を照らし出す。煙草の先が赤く輝き、やがて男の口から、魔法のように煙が吐き出された。

「葛西さん、俺だ」彼は言った。

「は？」煙草を指に挟み、男は目を見開いた。

「目が悪くなったかい？」

「いや」葛西は首をふった。「暗いからな」

「暗い方が良い。お互いに」

「本当か？　お前か？」

「久しぶりだ」

「保呂草？」

「名前を覚えていてくれて、嬉しいよ。どこかで、温かいものでも奢《おご》ろう」

「いや……」口を開けたまま、葛西は止まっていた。「どうして、ここにいる？　いや……」彼はあたりを見回した。「誰か、ほかにいるのか？」

「なにか、飲まないか？」

「ああ、いや、大丈夫だ。酒はやめたんだ」

「本当に？」

「うん、命が持たない。躰が、しんどいんだよ」

「そうか、それは気の利かないことですまない。飲まない方が良いんだ。そっちが普通なんだよ」

「ああ、しかし、何年ぶりだ？」

「別に大したことじゃない。ちょっと、ききたいことがあって、あんたを探していたんだ」

「事件のことだろう？　新聞に出てたよ、T建設とかの……」

「殺された四人が誰だか、わかるか？」

「警察も、それをきき回っているんだ。いや、はっきりとは、わからない。たぶん、あいつとあいつだ、この頃見かけないな、という程度のことだよ」

「あの近辺にいたってことか？」

「うーん、あそこらへんは、あまり嬉しい場所ではない。まあ、たまにゴミ収集に出向く程度だよ。この頃、いろいろ風当たりが強くてな、とにかく、人数が増えたことが一番いけない」

「暮らしにくくなったか？」

「いや、それは同じだ」葛西は小さく首をふって、濁った息をもらして笑った。「しかし、どうしてまた、お前さんが出てきたんだね？　あんな事件に、なんで興味がある？」

「まだ現役だった頃だが、丸の内で宝石店がやられた事件があっただろう。覚えてないか？　ごっそり持っていった奴らがいたんだ」

「そんなことがあったかな。あんたがやったんだろ？」

「いや、俺じゃない。ただ、鍵を開けたのは俺だ。ちょっと見てみたいものがあって、こっそり中に入った。大したものじゃなかったんで、がっかりだったね」彼は首を一度横に向けた。「とにかく、そのあとに、あいつらが店に入ったんだ」

「じゃあ、知り合いだったわけか？」

「いや、それも、違う。ただ、そこから情報を仕入れてはいた。ちょっと特殊な工具が必要だったんで、それも、奴らのツテで調達した」

「まあ、それじゃあ、文句は言えまい」

「いや、文句を言うつもりなんてないよ。お互い、これが商売だ。邪魔はしたくない。ただ、不運な事故があった。連中は逃げるときに人を殺している」

「えっと、そんな話だったかな」

「うん、交差点で出合い頭《がしら》に、車をぶつけた。もちろん、相手は一般人だ。重体だった」

「へえ……」

「一年後に死んだらしい」彼は言った。

「で、その死んだってのは、どんな奴だった?」

「女だ。三十代の」

「それで?」

「いや、それだけだよ」

「話がつながらない」

彼は溜息をついた。話そうかどうしようか、迷ったのだ。葛西は知らないようだ。否、少なくとも上手く知らない振りをしている。

「最近、ネットのオークションに珍しい宝石が出た。誰も気づかないだろう。大した価値のあるものじゃない。まあ、せいぜい値がついても、数十万ってところかな。でも、俺はそれに見覚えがあったんだ。あの店で見たものだ。腕は悪いが、どこかのじいさんが、手作りしたものだろう。世界に一つしかない」

葛西は煙を黙って吐いた。

「で、どうした?」

「うん。その宝石を買ったよ」彼は微笑んだ。「もちろん、人に頼んだ。万が一ってことがあるからな」

「手に入ったのか?」

「ああ」彼は頷いた。「しかし、そんなことはどうだっていいんだ。問題は、誰が持っていたか、だ」

「誰だった？」

「梶間という男だった。住所もわかっている。しかし、今はもう行方不明だ」

「カジマ？　どこのどいつだ？」

「知らないか？」

「いや」葛西は首をふった。本当に知らないらしい。

「T建設技術研究所の所長だよ」

3

金曜日の夕方、山吹早月と海月及介、それに加部谷恵美の三人は、T建設技研の構造系研究棟のロビィに入った。ロックを解除して入れてくれたのは、吉沢という名の女性である。松木を通じて、連絡をしてもらい。この建物の見学にきたのである。

建築学科の学生としての一つの特権は、このような建物の見学である。どんな建物でも、たいてい許可が下りる。つまり、作品として鑑賞することができるのだ。まして、ここは建設会社の技術研究所の建物である。特殊な構造が採用されているのだから、申し出るのも自然であり、また見せる側にとっても日常的なことだろう。李の実験の合間に、三人はやってきた。もちろん、純粋に建築物が見たいという興味も、三人の平均値で三十パーセントくらいはあっただろう。

　吉沢が階段を下りてきた。髪を後ろでしばり、メガネをかけ、白衣を着ている。二十代後半か三十代前半ではないか、と思われた。

「すみません。ほんの十分くらいでけっこうです」山吹は頭を下げた。「国枝研究室の山吹といいます。こちらは、学部生の海月君と加部谷さんです」

「こんにちは」加部谷が明るい声で頭を下げた。海月もその横で黙ってお辞儀をした。

「まず、二階に。ここの模型があるから、それで簡単に説明しましょう」吉沢は言った。にこりともしない。国枝助教授タイプだな、というのが山吹が抱いた印象だった。

　研究棟の二階へ上がり、応接セットのあるスペースに案内された。そこにクリアケースに入った構造模型が置かれていた。

「特徴としては、このスーパ・ストラクチャと呼ばれるフレームと、それから、免震構造ですね。スーパ・ストラクチャ、わかりますか？　もう習った？」

「いいえ」加部谷が首をふった。

「普通の建物のように、一フロアごとに柱をつなぐ梁《はり》があるのではなくて、全体を一つの大きな殻として、構造が成り立っています。その結果、ここの空間みたいに、広い柱のないエリアが実現できます」

部屋はすべてを見渡せるが、低いパーティションで区切られているので、座ってしまうと個々のデスクは見えなかった。通路との仕切の壁も天井近くでは切れている。

「空調の効率はどうですか?」山吹は質問した。

「空間全体を一様にしようとしたら大変だけれど、個々のスペースにそれぞれ対応したシステムになっているから、それは、クリアできていると思います」吉沢が答えた。

「というのが、表向きの返答ですが、まあ、私に言わせれば、ちょっと寒い。冬は毛布を被って仕事をしているわね。はい、では、地下へ行きましょう」

三人は彼女についてぞろぞろと歩く。パーティションの中から数人の顔がこちらを覗いていた。通路へ出て、エレベータの前まで歩く。

「このまえの事件の夜、吉沢さん、こちらにいらっしゃったそうですね」山吹は切り出した。

「ええ、そう。さっきの部屋にね」彼女は顔をしかめた。「もう、思い出しただけでも、ぞっとする」

「なにか、音を聞かれたのですか?」加部谷が尋ねた。音は聞いていない、ということは既に西之園を通じて知っているが、もちろん、質問としては当然で自然なものだ。

「ううん、気づかなかった。眠っていたかもしれないし」

「デスクで、ですか?」

「そう。毛布はあるし」吉沢は口もとを僅かに緩めた。

「吉沢さんのほかには、誰かいなかったのですか？」山吹が尋ねる。それも答を知っている質問だった。

「えっと、もう一人、副所長の青井さんがいたらしいけれど、私は気づかなかった。副所長室は、見えないから」

エレベータに乗った。建物は三階建て。吉沢は地下一階のボタンを押した。

ドアが開くと、駐車場のような空間がそこにあった。

「ここは、普段は来ることはないけれど、見学者用に、エレベータもあるわけ」吉沢が歩きながら説明した。「免震構造と言いましたけれど、実は、制振構造の実験もできるように設計されています。免震構造と制振構造は、もう習った？」

「いいえ」加部谷が首をふった。

「習いました」海月が横で呟いた。

「あれれ」加部谷が舌を出す。「すみません。どう違うんですか？」

「免震というのは、このように、建物全体と、基礎部を構造的に切り離して、地震があったときに、地盤の揺れを建物に直接伝わらないようにする構造。自動車のタイヤにあるサスペンションみたいなものね。一方、制振構造というのは、もう少し進んでいて、建物の揺れを積極的に止めたり、少なくしたりするための機構を持っているものです。

たとえば、高層ビルなどで、建物の中で大きな重りを揺れの逆方向に動かしたりする」

「あ、振り子みたいなものとかですね？」加部谷が言う。

「そうそう」吉沢は頷いた。「一般に、制振は、超高層の建物でよく採用されています。ここみたいな低層では、あまり効果はありません。ただ、実験をして、データを採るために設置されています。高出力ジャッキで地震の揺れを相殺する方向に建物を揺することができます」

「あの、隣の実験室と、排水が繋がっているって聞きましたけれど」加部谷が言った。「建物が揺れるようにできていると、ガス管とか水道管とか、困りませんか？」

「うん、それは良い質問ね」吉沢が頷いた。

良い質問は、加部谷がきいた後半の部分だろう。本当に尋ねたかったのは前半なのだが、と山吹は思った。

「そもそも、スーパ・ストラクチャだからこそ、免震構造が生きるのです。それに、設備配管についても、フレキシブルでなければならない箇所が限定されて、非常に有利です。そこに、一部、パイプラインが見えているでしょう」吉沢は指をさした。「どちらの方向へも三百ミリの移動まで対応することができます。もちろん、それ以上になった場合には、自動的に遮断されるシステムです。地震後にここだけ直せば、すぐに復旧できるわけね」

「あのぉ、実験棟と繋がっている排水溝はどこですか？」加部谷が食い下がった。

「あっち」吉沢が別の方向を指さす。「警察も、それをきいたけれど、全然見当違いだと思うよ。そんな場所から人が出入りできるはずがない」

三人はコンクリートの空間を奥へ歩く。天井は低く、照明は周囲の柱の中間にあるだけだった。もちろん、いずれもコンクリートが剝《む》き出しで、太い柱には、重そうな鋼製の部品が取り付けられている。そのボルトの数も目立つほど多い。柱が下の基礎部に連続していない。縁が切れて、その周囲を大がかりな部品が取り囲んでいた。細い配管は油圧ジャッキのものだろうか。このほかにも、いろいろな太さの配管が、天井の近くで集結し、お互いに平行を保ちながら、方々へ伸びている。

一方、排水溝らしいものとしては、コンクリートの床に四角い鉄板が置かれているだけだった。大きさは一メートル四方ほどである。

「これですか？」加部谷がきいた。

「ええ、そう」吉沢も遅れて近づいてくる。「先週の事件で、ここから、向こうの実験棟へ何者かが出入りをしたんじゃないかって警察は考えたみたい」

「できませんか？」山吹がきいた。

「人間ではできない。ネズミならできるかも」吉沢は答えた。「もっとも、人間がこの蓋を持ち上げてやらないかぎり、ネズミでも無理でしょうね」

「持ち上げても、良いですか？」加部谷がきいた。

「貴女では無理だと思う」

「重いんですか？」

「その蓋は二十五キロくらいかな」

「え、そんなに軽いんですか？」加部谷は驚いた顔になる。

一人では持ち上げられない重さだと、西之園から聞いていたから、そんな言葉が口から出たのだろう。加部谷は、しまった、という顔で山吹を見た。

しかし、ジョークに受け取られたようだ。吉沢はまったく反応しなかった。

加部谷が試しに、蓋の取っ手を摑んで引き上げたが、少しも持ち上げることはできなかった。次に山吹が挑戦した。彼は十センチくらい引き上げることができた。しかし、そのまま蓋を開けることは少々辛い。結局、海月に手伝ってもらって、なんとか蓋を起こすことができた。

すぐ下に、もう一つ蓋があった。それは、鉄の格子で、隙間は十センチもない。周囲がボルトで固定され、錆びついた上に埃が堆積していた。最近これが取り外されたとは思えない。

「見学は、満足していただけましたか？」吉沢が後ろで言った。

4

赤柳は保呂草からの電話で、それらの情報を得た。

ずいぶん以前の宝石店の事件に関するものだ。その当時には、赤柳自身はこの街にはいなかったので、そんな事件があったことさえ知らなかった。

重要なことは、そのときに盗まれた宝石を、T建設技術研究所の所長である梶間という人物が持っていた、という事実だ。もちろん、保呂草の言葉を信じれば、であるが。

「その当時に、保呂草さんが国内にいた、ということが、驚きですよ」

「まあ、ときどきはね」

「オークションで落札して、梶間と接触をしたのは、いつの話なんですか？」電話で赤柳は尋ねた。

「一年にはならない。えっと、十ヵ月まえかな。接触といっても、メールを数回やり取りしただけだ。もちろん、僕が自分でやったわけじゃない」

「そのときには、梶間は、もうこちらの研究所へ転勤になっていたんですね」

「うん、住所は那古野市内だった」保呂草は答える。「現在と同じところだ」

「よくそんな盗品を、ネットのオークションなんかに出しましたよね」

「よほど金が必要だったか……。まあ、そんなに珍しいものだとは考えなかったってことだろうね」

「本人が盗品だとは知らなかった、という可能性は？」

「さあね……。そのときの事故で死んだ女を調べた方が良い」

「えっと、窃盗犯とぶつかった車の？」

「そう。とばっちりだった」

「もうとっくに調べたんじゃないんですか？」赤柳は微笑みながらきいた。微笑みが電話で伝わるような口調で。

「こちらの実家へ戻ってきていたときだった。もともとは、関東で働いていた。大学を出て、そのまま銀行へ就職をした。それが、突然退職して、那古野に戻っていたらしい。それで、運悪く事故に遭った。それだけだ」

「名前は何というんです？」

「田村香《たむらかおり》、生きていれば、今年で、四十ちょっと、くらいかな」

「保呂草さんは、どんな可能性を考えているんですか？」

「いや、なにも考えていない。もう手を引こうと思っている。この電話で終わりだ。すっかり忘れることにするよ。あとのことは頼んだ。お礼はまた今度」

「ちょっと待って下さい。どうしたら良いんです？　警察に情報を流せば、それでＯＫ

ですか？」

「ああ、それが良い」

「事件をちゃんと解決させたい、ということですか？　その理由は？」

「何事も、おかしな方向へ行くよりは、納まるべきところへ納まった方が、落ち着くってもんだ」

「しかし、僕が持っていったら、ちょっと危ないよなあ……」

「そう……。西之園って子に、話してみたらどうかな？」

「え？」

「ワンクッションあって、悪くはならないだろう」

「はあ……」赤柳は息を吐いた。「うーん、今ひとつ、保呂草さんの意図が読めないんですけどねぇ」

「無理に読まない方が良い。もっとドライに生きた方がお互いのためだ」

「わっかりました。じゃあ、はい、いちおう、伝えてみましょう」

「ありがとう」

「那古野にいるんでしょう？　会えませんか？」

「いや、これから飛行機に乗るんだ」

「本当ですか？」

「あ、そうそう、もう一つ、重要な情報を忘れていた。これが一番新しい」保呂草はそこで言葉を切った。

「何ですか？」

「その宝石店を襲った奴らだが、リーダ格は小嶋《こじま》と名乗っていた。俺は顔も知っている。小嶋聡司《さとし》。警察も古い資料を捜せば、写真くらい持っているかもしれない。指紋もたぶんあるだろう、そういう男だ」

「それが、新しい情報ですか？」

「そいつが、ここ最近、どこにいたのか、それがわかったんだ。ホームレスをしていた。名前は柴田《しばた》と名乗っていたらしい。あの事件のあと、見かけないそうだ」

「それって、誰から聞いたんですか？」

「その筋の人間。信頼できる情報だ。テレビや新聞のニュースなんかよりもずっとね」

「凄いじゃないですか、それ、えっと……、今回の事件とかなり絡んでいるってことになるわけですね？」

「悪い、もう切るよ。時間がないんだ」

電話のあと、赤柳は三十分ほどまず考えた。インターネットで、調べものもした。しかし、確信を得られるような情報はもちろん見つからない。当然ながら、最初の発想は、警察関係のコネを通じて、小嶋という人物について調べてもらう、というものだったが、しかし、これは迂闊《うかつ》にはできない。もし万が一、今回の事件と関係があるとしたら、非常に危険だ。しばらく、下手に動かない方が良いだろう。クッションは、少しでも多い方が安全なのはまちがいない。

すべてをそのままそっくり、西之園萌絵に託すことが最善の道だと判断した。おそらく、保呂草もそう考えたのだろう。そうとなれば、早い方が良い。すぐに連絡をとり、一時間後には、彼女と会うことになった。

N大のキャンパス内にある喫茶店である。その場所を彼女の方が指定したので、赤柳はタクシーでそこまで出向いた。キャンパスといっても、その喫茶店は小高い山の上にあって、あたりには鬱蒼とした森林が広がっている。ゴルフ場でも近くにありそうな雰囲気だった。

赤柳が店に入ろうとしたとき、ちょうど、西之園も坂道をこちらへ上ってくるところだった。白いワンピースが眩しいほどで、そうか、そういえば、天気が良いな、と赤柳は空を改めて見上げてしまった。

「こんにちは」彼女が近づいてくる。

「どうも、わざわざすみませんね」

「どうしたのですか？」

「まあ、とにかく、中へ」

店内はとても空いていた。一番奥のゆったりとしたソファの席を選んだ。注文をしたあとに、赤柳は切り出す。

「T建設技研の事件について、重要な情報を得ました。別のことを調べているうちに、まったく関係のないところから、漏れ聞こえてきたものです。ただ、かなり信頼できる筋なのです。それで、西之園さんに聞いていただこうと思いました」

「はい、私でお力になれるのなら」

「こちらとしては、見返りなどはまったく期待しておりません。ただ、情報源がどこなのか、特に私から伝わったことも含めて、知られたくありません。それだけが条件です」

「うーん、なるほど。難しいですけれど、ええ、できないことではありません。もっとも、情報の内容によりますけれどね」

赤柳は、過去の宝石店の事件について話した。犯人たちが偶然起こした事故で死者が出ている。盗まれた宝石の一部が、最近発見され、それを売りに出したのは、T建設技研の所長だった、というところまで、話せば一瞬のことである。

ウェイトレスがコーヒーを運んできた。カップがテーブルに並ぶ間、二人は待った。

「それで、すべてですか?」西之園が尋ねた。冷静な声だった。

「もう一つあります」赤柳はコーヒーを一口味わってから話した。「是非、調べていただきたいのは、小嶋聡司という男です。前科があります。その宝石店の事件では、おそらく一番に疑われていた人物だったはずです。うまく姿を晦《くら》ましていたらしく、捕まってはいません」

　赤柳は、この名前の男については、少々調べてきた。テーブルに指で漢字を書いて西之園に示した。

「もしかして、今回の被害者の中に、その人が含まれている、ということですか？」

「わかりません。しかし、是非ともチェックを、お願いします。いずれは、警察も辿り着くことでしょうけれど、時間を節約できるかもしれません」

「わかりました。でも、もし万が一そうだとしたら、いったい、どうなるのですか？梶間所長との関係は？」

「もう一つの要因としては、そのときの事故で死んだ、田村という名の女性です」

「田村？」

「はい。こちらも、もう一度、当たってみる手があるかと」

　西之園は表情を変えず、数秒間赤柳を見据えていたが、やがて視線を落とし、テーブルのカップに手を伸ばした。しかし、彼女は結局それを持ち上げなかった。

「わかりました」

「これで、すべてです」赤柳は言った。少しだけ肩の荷が下りたような感覚があったが、一方では、どこかに落とし穴がないか、という不安も残っていた。「私自身は、この事件には特に興味はありません」

「え、そうなんですか？」

「なにか、特別な点がありますか？」

「いいえ、別に……」西之園はようやくコーヒーカップを持ち上げる。しかし、香りを楽しんだだけのように見えた。すぐにカップをテーブルに戻す。「あの、赤柳さん、今回の事件が、真賀田四季に関連する一連のものだと、お考えではありませんか？」

剛速球の質問が飛んできたので、赤柳はほんの少し身構えた。だが、表には出なかったはず。微笑みを絶やすこともなかっただろう。

「え、どうしてですか？　そんな疑いがあるのですか？」

「いいえ、はっきりとしたことはわかりません」

「なにか、それを感じさせる点でも？」

「私は、その……、こんなふうに考えたのです。お気を悪くされたら、謝ります」西之園は語った。「どなたか、真賀田四季に関係をした方が、今回の事件については、一連のものではない。つまり、一緒にしてもらっては困る。単なる個人的な動機によって行われた殺人なのだ。こんな情報があるから、ちゃんと調べなさい。そう言っているように見受けられます。でも、自分からは警察へ出ていくわけにはいかない。何故なら、それはその方が、真賀田四季に関係のある人物だからです。違いますか？」

「え？　何が？　いや、私が、そんな人間だとおっしゃるのですか？」

「いいえ、赤柳さんは、どなたからその話を聞かれたのかしら、とほんの少しだけ、私、よけいなことを考えましたの」

「いやいや、それは全然見当違いというものですよ」

「それは、とんだ失礼を」西之園はそこで、目を三日月形にしてにっこりと微笑んだ。

赤柳は、西之園の言葉に少なからず混乱した。保呂草のこと、そして彼と真賀田四季の関係に、思いを巡らさずにはいられない。しかし、今そんなことを考えている場合ではない。

　それにしても、目の前にいる美女は、やはりただ者ではない。これまでにも、もちろんある程度は評価してきたつもりだが、それでも不足だとわかった。今後心してかからなければならないだろう。

　赤柳はコーヒーを飲んで気持ちを切り換えた。気がつくと、もうカップにほとんど残っていない。それに比べて、テーブルに置かれた西之園のカップは、まだコーヒーで満たされている。まるで、嘘をついたら喉が渇く、と言われそうな状況だった。

「もし、いつもの普通の赤柳さんならば、全然見当違いだ、なんておっしゃるかしら？　少しは可能性を考えるんじゃありませんか？」西之園は視線を窓の方へ向けたまま、呟くように言った。「だって、調べられているのでしょう、真賀田四季について。少しでも情報が欲しい、そう思っているはずなのに」

赤柳は彼女を見つめたまま、黙っていた。片手にはまた空っぽのカップを持ったままで。

5

その二時間後、午後七時。西之園萌絵は、市内の住宅地に車を駐めた。今まで一度も来たことのない場所だった。警察に問い合わせ、住所を調べ、そして電話をかけてからやってきた。

細い路地を入っていく。もう真っ暗だった。

引き戸の波板ガラスが仄かに光を透過させていた。彼女は深呼吸をしてからそこを引き開けた。

「ごめんください」

奥で音がする。やがて、小さな女性が現れた。年齢は六十代かあるいは七十代。西之園をじっと見て、頭を下げた。

「さきほどお電話を差し上げました西之園と申します」

「どうぞ、上がってください」

「ありがとうございます。失礼いたします」

戸を閉めて、靴を脱いだ。暗い通路を数メートルだけ進み、右手の部屋へ通された。六畳間の中央に低いテーブルが一つ。右手にこぢんまりとした床の間。その一角に、カラーボックスのように軽そうな仏壇が置かれていた。

すすめられた座布団に西之園は座った。家の主は、奥へ引っ込んだ。茶の準備でもしているのだろう。おかまいなく、と言う機会もなかった。

西之園は閉じられた仏壇を見た。部屋の隅には、雑誌や本、新聞などが綺麗に積み上げられ、一番上には白い布が被せられていた。

天井には二重円形の蛍光灯。そこから、紐が垂れ下がっている。よく見ると、照明器具の周囲には、花模様のシールが貼られていて、半分は剝がれ、残ったものも黄ばんでいた。何十年もまえに貼られたシールだろう。

老婆がお盆に湯飲みをのせて戻ってきた。彼女は膝をつき、それをテーブルの上に置く。そして、自分も座布団の上に座った。

「どうぞ」湯飲みの一つを西之園の前に差し出した。

西之園は頭を下げる。

老婆は溜息をつき、西之園を初めて見たかのように、じっと見つめた。

「田村香さんのことで、お話を伺いに参りました」

「はあ」彼女は小さく頷く。

「事故で亡くなったときのことです」

「ええ……」

「病院でお亡くなりになったのですか？」

「そう、一年ほどは生きておりましたよ」

「お話ができましたか？」

「いいえ」老婆は首をふった。「ずっと、寝たままです。ときどき、目を開けました。でも、話は聞こえていたかどうか……」

「そうですか」

「ベルトをしていなかったんですよ、あの子。打ち所が悪くてね」

「東京でお仕事をなさっていたそうですが、それを辞められて、こちらへ戻られたのは、お母様とご一緒に暮らそう、ということだったのですね？」

「いいえ」そこで老婆は少し微笑んだ。「そんなふうでもなくてね。会社を辞めてきたんで、びっくりしたんですけど」

「どうして、辞められたのですか？」

「ああ、どうしてかな……」老婆は仏壇の方へ軽い視線を送った。遠くを見ているような目だった。「まあ、今となっては、なにもわかりませんですよ」

「なにか、それらしいことをお聞きになっていませんでしたか？」

「なにも」彼女は首をふる。「でも、そう……、あの子、あのとき、三十三だったんですけど、妊娠していたんですよ」

「え？」

「いえ、それも、誰にも話していないし」老婆はふっと笑うような息をもらす。「黙っていたことなんですよ。ああ、とても、言えなかった。言えるようなふうじゃ、なかったんですよ。言うだけで、涙が出ますからね」

老婆は目に片手をやる。

「たぶん、結婚をするために、会社を辞めてきたんだと思いますよ」

「そうですか」西之園は頷く。「その、なにか、それを示すようなものが、残っていませんでしょうか？」

「いいえ」

「しかし、そんなことがあったのでしたら、その……、どなたかが、こちらへいらっしゃるのではありませんか？　あの、なんというのか、そのお嬢様のお相手の方が」

「葬式が済んで、一ヵ月後くらいだったでしょうかね」老婆は話した。「男の方が一人来られてね、お金を置いていこうとされるんです。だけど、私、受け取れなくてね」また彼女は首をふった。

「何という方ですか？」

「名前は、知りません。立派な方でしたよ。香よりも、十も歳上じゃないかしら。ああ、この人だったのね、とは、私、思いました。それだけで、でも、もう充分じゃないですか。お金なんかいくらもらっても、嬉しくもないし、使い道もないし、ね、お気持ちだけで充分ですって、お断りをしたんですよ」

「その方は、香さんが妊娠されていたことを、ご存じだったのですか？」

「さあ……。そんな話はしていません。でも、知らないはずはなかったと思いますよ」

「その後は？　またいらっしゃいましたか？」

「いいえ、一度も」

「どんな方ですか、なにか特徴とか、覚えていらっしゃいませんか？」

「いいえ、なにも」

「今、写真をご覧になれば、その方だと、思い出せるのでは？」

「無理だと思います」

老婆はお茶を飲んだ。西之園ももう一度仏壇を見る。

「あの、香さんのお写真を拝見できませんか？」

「ああ、はいはい」

老婆は、膝をついたまま仏壇の方へ移動し、両手でその扉を開けた。

小さなカラー写真だった。その写真自体が、既に色褪《いろあ》せようとしている。ノースリーブを着て、笑っている女性。老婆によく似ている。白い前歯が綺麗に並んでいた。

老婆は、その写真を手に取って、西之園に渡した。近くで見ても、詳細が見えるわけではない。写真とは、そういうものだ。そのときのその場所を見ているわけではない。固定された視点の情報のほんの一部を物質に定着させた、単なる物体にしかすぎない存在なのだ。おそらくは、人の記憶もまた、多かれ少なかれ、これと同じレベルなのだろう。

西之園は、それでも、写真を食い入るように見つめた。場所はどこだろう。風で髪が揺れているようだった。死ぬよりもずっとまえ、もしかしたら、かなり若いときのものかもしれない。写真だけでは、それはわからない。高校生のようにも見えた。自然な笑顔。自然な幸せ。自然な時間。そんな無邪気な空気が彼女を取り巻いていた。失われてしまったものは、いったい何だろう、と西之園は考えた。

「綺麗な歯」西之園は思わず呟いた。

「ええ」老婆は頷いた。「その前歯がね、全部折れていましたよ」

「え?」西之園は顔を上げ、老婆を見た。そして、同時に戦慄《せんりつ》した。「歯が?」

「そう、ハンドルに、ちょうどぶつかったんでしょうね」

想像することが恐ろしかった。

西之園は目を細め、そのイメージを見ないように努力した。

「可哀相にね、天国で困っているよって、話したんですよ。だからね、大好きだった玉蜀黍《とうもろこし》とかも、お供えできないんですよ」

老婆が笑いながら流す涙に、西之園の目頭も熱くなり、涙がこぼれて頬を伝った。

玉蜀黍?

前歯?

折れた?

「あの、そのことは、どなたかに、お話しになられましたか?」西之園は尋ねた。

「え、何を?」

「その……、歯が、折れていたことを」

「ああ、それは、みんな知っていますよ。可哀相にって、みんなが言ってくれました。ああ……」老婆は溜息をついた。

血にまみれた歯。

悲しみが滲んだ歯。

西之園は一瞬目を閉じた。目眩《めまい》だろうか。地震だろうか。ゆっくりと、すべてが揺さぶられるような力を感じた。

真っ黒に焼け焦げた死体、その白黒映像に、色が戻った。
彼女は、そのときの記憶に欠けていた色彩を、ようやくこのとき思い出したのである。

第6章　後ろの正面だあれ

「私はなんと悪いやつだったことでしょう！」と彼はまた嘆きはじめた。「ほんとに、リーザベトが死んでから、私も生きていてはならなかったのでしょう」

1

事件の翌々週の月曜日の午後四時半、C大キャンパス。加部谷恵美は、図書館で海月及介を発見し、彼を誘って国枝研究室に、山吹早月を訪ねた。いつものおきまりのコースではあるが、T建設技研での実験があったので、久しぶりの日常といえる。

「西之園さん、今日はまだですか？」加部谷は尋ねた。

「あ、そうだね、今日は見てない」山吹はマウスを動かしながら立ち上がった。仕事にきりがついたようだ。「新しいコーヒーを買ったから、淹れようか？」

「うわぁ、良いですね」加部谷と海月は、大きなゼミ用テーブルの椅子に腰掛けている。「ケーキかお菓子があったら、最高なんですけれど」

通路側のドアが開いて、国枝桃子が入ってきた。書類の束でビッグマックのように膨らんだファイルを抱えていた。

「あ、先生、こんにちは」加部谷が立ち上がって、頭を下げる。

国枝の後ろからもう一人、中年の男性も部屋に入ってきた。事務職員だ。名前は知らないが顔はよく見かける。

「西之園さんは？」国枝が腕時計を見た。「四時半には、ここにいろって言っておいたのに」

加部谷はすぐに時計を見た。現在四時三十二分だった。二分を過ぎている、ということらしい。

「あ、かまいませんよ。ここで待たせていただきますから」事務員が言った。「今日中に出せれば、問題ありません」

「なんかの書類ですか？」山吹が尋ねる。

「あ、うん、研究助成のね」事務員が答えた。

「西之園さんに、電話してみましょうか？」加部谷がきいた。

「そんな必要ない」国枝はそう言うと、溜息をついて、自分の部屋の中へ入っていった。

「今日中の締切なんですか？　間に合わなかったら、どうなるんですか？」加部谷は心配になって尋ねた。

「いや、別に、研究助成金の申請だからね」事務員が答える。「出したからといって、採用されるかどうかわからないし、当たらなくて当然、みたいなものだから」

その事務職員も椅子に腰掛けて、世間話をしばらくした。年齢は五十代だろう。父親といっても良い年齢である。海月及介が奨学金の申請をしている話と、図書館の五時以降のコピィ機の使用についての話と、教室の前の通路での喫煙の話だった。話題が幾分固くて窮屈に思われたが、これはしかたがない。

加部谷はコーヒーメーカが気になった。山吹も心配のようだ。コーヒーが出来上がったら、この事務員にもコーヒーを出すべきかどうかを迷っているのだ。

十分ほど時間が経過した頃、通路を走る足音が聞こえ、西之園萌絵がドアを開けて飛び込んできた。

「すみませーん、事務の方へ行ったら、こちらだって」西之園は片手に書類ファイルを持っている。「書きました。こんなぎりぎりになってしまって、本当に申し訳ありません」

「はいはい、どうも」事務員は立ち上がってそれを受け取り、ケースの中から書類を取り出して、黙って数秒間眺めた。「オッケイですね、はい、確かに受け取りました。提出しておきますよ」

「よろしくお願いします」西之園が頭を下げる。

事務員は書類を持ってドアから出ていった。

「ああ……」西之園は溜息をつき、椅子に腰を下ろした。

山吹はさっと立ち上がって、コーヒーメーカのところへ行く。教官室のドアが開き、中から国枝が顔を出した。

「出せたの？」彼女がきいた。

「はい」西之園が姿勢を正して座り直し、頷いた。「ご心配をおかけして申し訳ありません」

「出せば、当たるよ、きっと」

「本当ですか？」

「あ、先生、ケーキを買ってきましたよ」西之園は立ち上がった。「あれ？　私、鞄をどこに置いたんだっけ？」きょろきょろと周囲を見回す。

「手ぶらでしたよ。書類だけで」山吹が言う。

「そうかぁ、あっちの事務室だ……」西之園はそう言いながら、ドアを開けて飛び出していった。

「西之園さんって、あんなに慌てん坊でした？」加部谷は言う。

「研究助成って、いくらですか？」山吹がきいた。

「二百万円」国枝は答える。ゼミ用テーブルの椅子を引いて、そこに腰掛けた。それは、コーヒーを出せ、という無言のサインである。もちろん、西之園がケーキの話をしたからだ、と加部谷は想像した。

「まったく、どういうつもりなのか……」国枝がこぼす。

「いろいろ忙しかったんじゃないですか」山吹がフォローの言葉を口にした。

「それにしても、二百万円くらいで、西之園さんが慌てるなんて、不思議な感じがしますけど」加部谷は呟くように言った。

「違う」国枝が首をふった。

「え？」加部谷は首を傾げる。「何がですか？」

「締切ぎりぎりの状況にあって、途中でケーキを買ってくる、という神経」国枝が言った。

「ああ、そう言われてみればそうですね」加部谷は大きく頷いた。

2

西之園萌絵はケーキの箱とバッグを無事に取り戻し、事務棟から出た。そこで、携帯電話が振動する音を聞いた。バッグからそれを取り出して、耳に当てる。

「もしもし、近藤です」

「こんにちは」

「あの、今、よろしいですか？」

「ええ」西之園はあたりを見回した。近くにコンクリート製のベンチがあったので、そちらへ歩く。「何ですか？」

「小嶋聡司でしたよ」

「え、本当に？」

「準備室のロッカに近いところに倒れていた被害者です。小嶋聡司にまちがいない、との結果が出ました。いやあ、助かりました。もの凄い進展ですよ、これは」

「守衛さんが目撃していたという二人ではないのですね？」

「ええ、違います。こうなると、その、小嶋のかつての部下だったのではないか、といった可能性も浮上してきました」

「田村香さんの歯のことは？」

「はい、それも、びっくりしましたが、たしかに、そうだったようです。当時の記録にも残っていました」

「その交通事故は、どんな状況だったのですか？　目撃者があったのですか？」

「ええ、交差点で、窃盗団の車が信号無視をして進入したんです。それで接触して、田村さんの車は、歩道に乗り上げ、電柱に正面からぶつかったようです」

「そのまま、窃盗団は逃げたのですね？」

「いえ、そちらの車も、前のタイヤをやられていまして、もう走れない状態だったんです。だからこそ、宝石店に入った窃盗団だったと判明したわけです」

「それじゃあ、車を捨てて逃げたわけですか？」

「そうです。その交差点から、数百メートルは走ったんですが、結局無理だと諦めたんでしょう、盗んだものを持って、そこからは歩いて逃げたんです。車内には血痕があって、事故のときに怪我をした奴もいたらしい、と当時の記録にはありました。人数は四人でした」

「四人？」

「はい、事故の音がして、ビルの窓から外を見た目撃者がいます。窃盗団はそのあとタクシーを拾って駅まで行きました。足取りが摑めたのは、そこまででした」

「四人ですか」

「そう、そうなんですよ。ですから、小嶋聡司と、手下があと三人いたわけです」

「その四人が、今回の事件で殺された、ということですね？」

「いや、そこまでは、まだ断定できませんが」

「なるほど、それで歯を抜いたのか」西之園は呟いた。

「ええ、まあ、あるいは、というか、その点も、まだまだわかりませんけれど……。

うーん」近藤は唸った。「まあ、でも、こちらとしては、明るい見通しになってきましたよ。これならば、難しくはないでしょう」

「もしかしたら、田村さんだから、入にしたのかしら」

「え？」

「いいえ、なんとなく」

「はあ、まあ、それは、ホシが捕まれば、わかることです」

「ああ、でも、なんだか、切ない事件じゃありません？」

「え？　切ない？」

「なんとなく」

「そうですかねぇ……。動機も明快で非常にわかりやすいと、僕は思いますけど」

「わかりやすいから、切ないんですよ」

「はあ……。あの、では、西之園さん、また、なにかわかりましたら、ご連絡いたしますので。ええ、改めて、鵜飼とともに、お礼に伺います」

「いえ、そんな……」

「失礼します」

西之園は溜息をつき、立ち上がった。

切ない、なんて変な言葉を、どうして自分は使ったのだろう、と考えながら歩いた。

何だろう、人が人を殺すこと自体が切ないのか。

殺したいほど憎むこと、その捻れた状況が切ないのか。

たぶん、殺したいと欲している当事者には感じられない感情だろう。

そう、両親が飛行機事故で死んだとき、自分には、悲しみなんてなかったのだ。当事者には、そんな普通の感情なんてない。

すべてを破壊してやりたい、と思った。

なにもかも消えてしまえ、と思った。

たしかにそう思ったのだ。

なにもかも。

この世のすべてを、壊してしまいたかった。

もとどおりにならないくらいなら、綺麗に消してしまいたかった。

こんな世界なんか、いらない。

そして、自分もいらない、と思ったのだ。

そんな姿が、悲しいとか、切ないなんて、気づくはずもない。そういった感情は、ずっとそのまま生き延びて、昔の気持ちを遺跡のように発掘したときに現れる幻影だ。

そう、今だって、これは遺跡を発掘している行為に等しい。

もうすっかり歴史になってしまった感情。

忘れたかったから、忘れ、
思い出したいから、思い出すのか。

なんて都合の良いこと。

自然に笑みがもれた。

どうして、笑えるのだろう?

本当に不思議。

研究棟に入って、通路を歩くうちに、気持ちを切り換えた。呼吸を整え、この世界に自分を定着させる。

私はここで生きている。

生きていこう、もう少し、と思いながら、左右の足を交互に前に出した。

ドアを開けると、明るい空間がそこにあった。

「あら、国枝先生もお待ちかねですね」

3

西之園の話を、全員で黙って聞いた。美味しいケーキとコーヒーを味わいながら、過去の悲惨な事故、そして憎悪を、歴史に登場する合戦のように記号化して、消化した。

「えっと、よくわからなかったんですけどぉ」加部谷が発言した。「その窃盗団を殺したのは、田村さんの恋人だった人で、それが、えっと、その技研の所長さんだった、ということですか？　なんか、そこが飛躍してないですか？」

「梶間所長が宝石店から盗まれた品物を持っていた、ということで繋がるわけだよ」山吹が言った。「となると、殺したときにも、残りの宝石を奪った、というふうには考えられませんか？」

「いえ、というよりも、残りを買い上げようという話で、あの場所へおびき出したのではないか、と見ているみたい」西之園は話した。それは彼女の推測に過ぎなかったが、表現としてそんなふうになってしまったので、多少フォローをしておいた。「とにかく、すべて想像の話」

「どうして、あんな場所でやったんでしょうか？」山吹が質問した。

「それもね、想像だけれど、たぶん、窃盗団のリーダ的な人間がさらにもう一人ほかにいて、その人物に対するメッセージじゃないのかなって、私は思った」西之園が説明する。「もし、梶間氏が犯人だとしたら、それはつまり、自分がやったのだと、知らせたかった。自分以外にこれができる人間はいない、と誰かに思わせたかったのじゃないかしら」

「ああ、だから、拳銃を持って逃げているんですね?」加部谷が言った。「まだ、これからお前のところへ行くぞ、覚悟しておけって」

「激しいなあ」山吹が溜息をついた。「ずっと昔のことなのにねぇ」

「そう、そこが、少し異常だとは思う」西之園は言った。

しかし、彼女自身は、それがそれほど異常だとは感じなかった。人間の本質からも大きくは外れていない。誰でも、そのくらいの憎悪ならば育てることができるだろう。もっと昔の仕打ちに対する仕返しのために、爆弾を抱えて飛び込んでいける、それが人間というものなのだ。

「どこかに潜伏しているわけですね。人生を捨てて」山吹は言った。「まあ、だけど、そういう人生っていうのも、ありなのかなぁ」

「なしですよ、そんな」加部谷が言う。

「自分一人だったら、犠牲になる者もいないわけだし、そもそも、そういう可能性があるからこそ、家族を持たなかったのかもしれないし」

「うーん、だけど、いくらなんでも……」加部谷はぐるりと目を回した。「ここまでしなくても良くないですか？　恨みのある相手がいるなら、その人たちに、謝れって、言えばすむことでしょう？」

「それは無理だよ。そんなに簡単なら、戦争なんか起こらない」

「それにしても、これ見よがしに、こんな派手なことしなくたって」

「でもさ、大都会のビルへ飛行機で突っ込んだり、世界的に重要な文化財を爆破してしまったり……」山吹は腕組みをしている。「そもそも、恨みを晴らす行為っていうのは、全部これ見よがしになるんじゃないかな」

「忠臣蔵の討ち入りとかも？」加部谷が言った。

「うん、あれも、これ見よがしだよね。もっと、こっそりできたんじゃないかって」

「誰に対してのこれ見よがしか、ということね」西之園は言った。「それによって、いろいろな見方が出てくると思う」

「で、なんですか、事件はそれで、もう解決しちゃったってことですか？」加部谷が首を捻った。「あれぇ？　なんか……、忘れているような……」

「いいえ、まだ、重要な参考人が浮上した、というだけの段階」西之園は首をふった。「その人を見つけ出して、話を聞くことが先決でしょうね。それから、その供述をもとに、検証をしていく。実行犯が誰だったのかも、まだわからないし」

「あ、そうか、人を使ったかもしれないってことですか?」山吹が呟いた。「まあ、でも、結局、争点は、どうやってあそこにアクセスしたのか、ということに行き着きますよね」

「あ、そうそう、そこそこ。それがあったじゃないですか」加部谷が指を一本立てて、高い声で言う。「所長だから、特殊なカードを使って、記録を残さずに出入りができた、なんてことはないですよね? なんとなく、そんなイメージでつい納得してしまいそうでしたよ、私」

「そこらへんを、警察はどう考えているんですか?」山吹が質問した。

「なにも考えていないんじゃないかしら」西之園は答えた。「科学班は、まだセキュリティ・システムを疑っているかもしれないし、あるいは、どこかにアクセスできる経路があるのでは、と考えているかもしれない」

「でも、それを解明しないと、犯人を捕まえても、犯行を立証できないわけですよね」加部谷が言った。「実際に手段がないとなれば、アリバイが成立しているようなことになるんじゃないですか?」

「それは、逮捕するまえに、ちゃんと供述を取るんじゃないかな」山吹は言う。

「黙ってればわからないですよう」加部谷が口を尖らせる。「そうかぁ、そのときのために、わざわざこんな密室を作り上げたんですよ。最後の砦《とりで》として」

「どうかな」山吹が苦笑した。

「やっぱり、四人を中に入れたのは、だいぶまえのことだったんじゃないでしょうか」加部谷が西之園の顔を見て話した。「それで、最後に逃げるときには、屋上から、気球を使って逃走したんです。それくらいのことをしてほしい。ほら、火を燃やして飛ぶやつですよ」

「熱気球ね」山吹がうんうんと頷いた。「もの凄く目立つよね。いくら夜でもすぐに発見されると思うな。だいたい、屋上から逃げるなら、クレーンもあるし」

「あ、クレーン！」

「それもいらなくて、ロープの一本もあれば充分だよ」山吹は言った。「ただし、屋上へ出るためには、どこかのドアを開けないといけない。そこでセキュリティが働く」

「あ、そうかぁ」加部谷は眉を寄せたが、スプーンを口へ運んで、にっこりと微笑んだ。「それにしても、このケーキ、ありえないくらい美味しいですね」

山吹が国枝を見たので、加部谷も国枝の方を振り返った。腕組みをして、目を瞑っていた。テーブルには既にケーキはない。国枝はケーキをほとんど一口で食べてしまうのである。

「国枝先生は、なにかお考えがありますか？」山吹が恐る恐る尋ねた。

微動だにしなかったが、数秒遅れて目を少し開け、横目で山吹を睨んだ。

「ない」国枝が答える。

「でも、建築の専門家として、こんな可能性があるんじゃないかっていうのが、もし、その……」加部谷が話し始めたが、国枝の鋭い視線が彼女の方へ向けられたので、そのままトーンダウンした。加部谷は、テーブルの反対側の海月及介に救援を求めた。「えっと、あの、あ、海月君、どう？　なにかアイデアとかはない？」

「いや、具体的に証明するデータがないから、僕にはなんともいえない」海月は珍しく滑らかに話した。「ただ……」そこで、言葉を切り、海月は西之園を見る。「警察が気づいていない方法が一つあるかもしれない。そういった情報を持っていることは、容疑者に対するときに、有利になるものですか？」

「もちろん」西之園は頷いた。「どんなこと？」

「単なる想像です。間違っているかもしれません。ですから、西之園さんや国枝先生に、ご意見を伺いたいと思います」海月が言った。

「うわぁ、なに、改まっちゃって……」加部谷が笑った。「どうしたの、大丈夫？」

「実験棟へのアクセスは、二階の準備室の窓からだった、という可能性です」海月が淡々とした口調で始めた。「セキュリティ・システムの信頼性については、あそこの人間であれば、自信を持っていたでしょう。あの窓だけが、事実上人が出入りできないため、セキュリティの対象から外されていました。おそらく、もともとは配線がされていたものと思いますが、それが不要だからという理由で外されたのではないでしょうか」

加部谷は目を細め真剣な顔になった。山吹は真面目ないつもの表情で友人を眺めている。西之園は真っ直ぐに海月を凝視《ぎょうし》していた。国枝も目を開けて、彼に視線を向けている。

「たぶん、以前から計画があった。あの窓を使って出入りしようと」海月は続けた。「しかし、窓には隣の研究棟が隣接しているので、蓋がされている状態です。いわば、もう一つの扉があるようなもの。多少の隙間はありますが」

「だから?」加部谷がきいた。

「だから、その扉を開けて、出入りをしたんだ」海月が答えた。

「あ!」西之園が小さな声を上げた。

加部谷は西之園を見る。しかし、すぐに視線を海月へ戻した。

「どういうこと?」

「研究棟を、動かしたんじゃないかって」海月は加部谷に答え、それから、西之園、そして国枝の視線を受け止めた。「油圧ジャッキで、建物全体を水平に移動させた。あそこは、免震構造ですから、基礎部と上の構造は切り離されています。地震のときに、地面の揺れを伝えないような機構になっている。ダンパがあって、もちろん、ある程度の水平力には耐えられるようにできているだろうけれど、簡単にいえば、コロというか、車輪が付いているようなものです。さらに、制振の実験ができるように、つまり、上部の揺れをアクティブに制御できるようなメカニズムが据え付けられている。油圧ジャッキで建物を横方向に動かすことが可能なはずです」

「そんな、無理よ」加部谷が声を上げた。

加部谷が振り返る。山吹も国枝を見た。西之園の顔も窺った。

沈黙。

「どうなんですか？　先生」加部谷がきく。

「できないことはない」国枝が答えた。「ストロークがどれくらいだろう。数百ミリは動くだろうね」

「数百ミリ？　数百ミリって……」加部谷は両手をテーブルの上に出した。「たとえば、三十センチとか、ですか」

「片側のストロークがそれくらい」国枝が言った。

「今のあの状態が、片側に寄せてあるのかも」山吹が目を丸くして言う。「だったら、反対側にならら、六十センチも動くことになる。あ、そうか！」彼は立ち上がった。「そもそも、あれがニュートラルってことはおかしいですよ。免震だったら、水平に動くわけだから、隣の建物とあんなに近づけておいたら、ぶつかってしまう」

「そうか……」西之園が片手を額に当てた。「そうだ、気づかなかったぁ」

「え、本当に？」加部谷が何度も瞬きをする。「できるんですか、そんなことが」

「実証するには、ジャッキを調べるか、免震のスライド部を見るしかない」海月が言った。「でも、動かした跡が新しいものかどうか、判別は難しくないと思います」

「そのとおり」国枝が頷いた。「ただ、普段ニュートラルの位置になかったことに、誰か気づいても良さそうなものだな。構造の技術者が沢山いたのだから」

「ずいぶんまえから、ああだったのかもしれません」西之園が話した。「別の理由でそうしている、というようなことが、もしかしたら、あるのかもしれない、研究テーマに絡めて」

「ああ……、それはありえる」国枝は口を少しだけ開けた。珍しい表情だ。「別に、ニュートラル位置で地震を待たなければならない、という理由もない。面白いテーマだ」

「でも、それならば、気づく人がいませんか？」加部谷が言った。「建物が動くことを知っている人が大勢いたわけでしょう？」

「いや、むしろ当たり前のことだから、よけいにそんな発想にはならないと思う」海月が言った。「それに、もし気づいたとしても、それを言うかどうかはまた別問題だ。そんなことを言ったところで、警察の調査がまた入るだけ。それでまた無駄な時間を取られることになる」

「あ、だって……」加部谷が顔を上げた。「研究棟には、人がいたのでしょう？　自分のいる建物が動いたら、気がつきませんか？」

「ゆっくり動かせば、感じない」国枝が即答した。「それくらいのことは簡単」

「私、ちょっと、警察へ行ってきます」西之園が立ち上がった。

「電話で済むことでは？」国枝が彼女を見上げた。

「いえ、だって、現場も見てこないと」西之園が微笑んだ。彼女は加部谷たちに手を広げた。「それじゃあ、結果は、また明日にでも……」

西之園はバッグを手にして、ドアから出ていった。

「あ、いいなあ」加部谷が腰を浮かせる。しかし、国枝の視線に押さえつけられるように、椅子に座り直した。「でも、海月君、よおくわかったわね。もしか、あそこの地下を見学したときに、気づいたの？」

海月は黙って小さく頷いた。

「おかしいなあ、同じものを見ているのに。授業だって、同じだけ受けているはずなのに……、うーん」加部谷が唸る。

「それは、頭脳の差だから、しかたがない」国枝が言った。

「ちょっと、先生……、それって、慰めなんでしょうか？」

4

西之園萌絵は、愛知県警本部へ向かおうとした。ところが、車のエンジンをかけたところで、電話で鵜飼警部補を摑まえることができた。免震に関する海月の発想を話したところ、驚くべきことに、現在、その点について検証中だと言うのだ。

「え？　そうなんですか。気がつかれたんですね、警察も」西之園は驚いた。

「ある程度の証拠は既に押さえております。まだ、容疑者が見つかっておりませんが、まあ、時間の問題でしょう」鵜飼は自信ありげな口調だった。

「それは、見直しました」

「いえいえ、このまえの情報も含め、本当に、西之園さんには感謝しております。いつもありがとうございます」

「どこかから情報が入ったのですね？　関係者からですか？」

「いいえ」

「じゃあ、誰かが思いつかれたんですか？　誰です？」

「あの、実は、犀川先生から……、その……」

「え？　いつ？」

「先週でしたか……」

「本当に？」

「てっきり、西之園さんはご存じだとばかり思っておりました。はい……」

電話を切ってから、すぐに犀川にかけ直す。

「もしもし」犀川の声がすぐに聞こえた。

「先生、今から、お邪魔しますよ」

「この電話が、既にお邪魔だよ」

「部屋にいて下さいね。あと二十五分ないし三十五分で行きます」

「C大？」

「ええ」

「気をつけて。運転に。かっかしないように」

「かっか？　どうして？」

「いや、口調でわかる。ああ、そうか、警察に僕が話したことを聞いたんだね？」

「とにかく行きますから」

電話を切った。かっかしていることを自覚できたので、深呼吸してから車を出した。

「どうして、私に話してくれないわけ？　おかしいじゃない」と呟きながら運転をした。

ところが、N大に到着した頃には、もうすっかり気分は直っていた。階段を上がる足取りも軽く、どうしてこんなにうきうきしているのか、と不思議なくらいだった。

ドアをノックして入ると、デスクでディスプレィに向かっていた犀川が、いつもどおり椅子を回転させて、こちらを向いた。

西之園は、デスクの横の椅子に腰掛ける。

「わかったかい？」犀川がきいた。

「何がですか？」

「いや、どうして僕が気づいたのか、考えたんだろう？」

「あ、考えませんでした」西之園は微笑んだ。「なんか、最初のうちは、嫉妬みたいに怒りが交錯しましたけれど……」

「へえ、交錯したんだ」

「あ、なんか、また腹が立ってきましたよ、若干」

「引出しだよ」

「引出し？」西之園は犀川のデスクの引出しに視線を向けた。そして、瞬時に気づいて、顔を上げる。躰が一瞬しんと震え、体温が下がったような気がした。「ああ、そうか……、あの、城田さんの引出しだ」

「彼だけは、あそこで新参者だった。だから、いろいろな事情も知らなかったんだろう。副所長なんかは、たぶん、今回のことは薄々気づいていたんじゃないだろうか」

「え、そうなんですか……」犀川が話を先へ進めるので、西之園は慌てて、引出しのイメージに戻った。「城田さんの引出しに、測定器が仕掛けてありました。あれが、証拠ですね？」

「彼のパソコンにデータが残っていたそうだ」犀川は話す。「つまり、引出しに加速時計をセットしておいた。これくらいのものだよ」犀川は指で二センチくらいの大きさを示した。「微小な加速度を感知する。引出しが、いつ、どれくらいの速度で、どこまで移動したかが、そのデータから読み取れる」

「だから、先生、デスクがどちら向きかって……」西之園は思い出す。だんだん笑顔になっている自分に気づきながら。「つまり、引出しが動いたんじゃなくて、建物全体が動いていたのですね？」

「非常に小さい加速度、ゆっくりとした変位だった。城田さんは、コンピュータが描いたグラフで、移動を知ったようだけれど、その動きが、人間が普通に引出しを開ける速度よりもずっと遅いことに、気づくべきだった。データの数字を見ればわかることだ。コンピュータに頼って全自動でグラフを描かせていると、こういったベーシックなことを見逃してしまうものだ」

「あのとき、既に気がつかれていたのに、どうして、私に黙っていたのですか？」

「うん」犀川はポケットから煙草を取り出した。「そうだね、まあ、いろいろあってね」

「何ですか？　いろいろって」

「いや、理由を考えているから、時間稼ぎの言葉だよ」

「私が、事件にのめり込まないようにって、お考えになったのですね？」

「そう、かもしれないなあ」

「歯切れが悪いですね」

「いや、もともと、僕は歯切れが悪いんだ」彼は煙草に火をつけた。「歯切れが良かったことが、過去にあった？」

「ありましたよ。何度か」

「忘れたなあ……」

犀川は煙を吐いた。その白い雲が、研究室の小さな空に浮かぶのを西之園は眺めた。

「うん、でも、良いです。もう、今はすっきり」彼女は両手を上に伸ばして、大きく息をした。「あぁあ、研究しなくちゃ……」

「最近、君、何をしているの？」

「はい、それは、まあ、いろいろですよ」

「あ、そう、歯切れが悪いね」

エピローグ

隣のニワトコの木は古くコケがついて枯れていた。別の庭の板小屋もくずれ落ちていた。そのあとにたとえ何を建てようと、すべてが昔あったように美しく、心を楽しませ、所を得たものになることはけっしてなかった。

梶間繁夫は、その暗い店の古いテーブルに相応しく、今にも崩れ落ちそうなほどアンティークだった。目は落ち窪み、洞窟の闇のような瞳が、僅かに光を反射しているにすぎない。髭も伸びて縮れている。ただ、銀縁のメガネだけが、今の彼の風貌には不釣り合いなほどシャープなラインを残していた。

テーブルの手前に座っている彼女は、煙草を吸っていた。梶間の方から電話をかけてきたが、この店で会うことにしたのは、彼女の判断だった。

「どうして、私に会おうと思った?」梶間は手拭きを額に当てながら話した。「警察が大勢出迎えているんじゃないかって、覚悟をしてきたんだが」

「警察? どちらかというと、好きじゃない」彼女は鼻から煙を吐いた。

「じゃあ、何だ? どうしたいんだ?」

「連中の情報をあんたに流した手前、責任を感じたってところかしら」

「責任?」梶間はふっと息をもらした。笑ったのかもしれないが、顔の表情はまったく変わらなかった。「そんなものは、どうだっていい。できたら、もっと情報が欲しい。主犯の男を探している。そいつを仕留めたら、もうお終いだ」

「主犯? その男は、車には乗っていなかった。あんたに恨まれる筋合いじゃないよ」

「いいんだ。連中に仕事をさせたんだから、責任はとってもらわないと……」

「まさか、こんなことになるなんてね」彼女は溜息をつく。「まだ、あんた、あの頃は、まっとうなビジネスマンだったよ。まさか、金を払うなんて思わなかった」

「そうだ、二千万だったな」梶間は笑った。「私には、大金だった。でも、決めたんだ。すべてをかけてやるって」

「教えたからといって、何がどうなるとも、考えなかったよ。そんな、今どき、敵討《かたきう》ちだなんて、頭がいかれてる。気づかなかった私がいけなかった。情けないったらない」

「まあ、しかし、私は君には感謝している。そう、ちょっと聞いた話だが、あいつらのまえに、宝石店の鍵を開けて入った奴がいるそうじゃないか。まさか、それが君だというわけじゃないよな？」

「馬鹿馬鹿しい。私だったら、宝石を持って逃げてるよ」

「うん、とにかく、鍵だけ開けた奴がいるって話だった。まあ、どういう理由だったかは知らんがね……。ただ、結局、奴らの情報が、君を回って、私のところへ来たのも、出どころは、その人物じゃないかと思ったんだ」

「知らないって」

「そうか、心当たりがないか？　そいつならば、あるいは、奴らのリーダの居場所を知っているんじゃないかと想像してね」

「そのリーダのことだけど、つい最近、私が聞いた情報を言おうか？」

一瞬、沈黙があった。

「何だって？」声を落とし、梶間が身を乗り出した。「知っているのか？」

「知ってる」

「やっぱり、そいつから聞いたんだな？」

「それは言えない」

「確かな情報か？」

「本当のことだよ」

「どうして、今まで言わなかった？」

「今までは知らなかった。最近、伝わってきたんだ」

「どこにいる？　教えてくれ」

「死んだ。病院で死んだそうだ」

「どこの？」

「栃木だ。情報は確かだ」

「嘘だ」

「別に信じる必要はない。私には無関係だ」

「そんな、馬鹿な……」

梶間は下を向き、躰を震わせた。

女はしばらく待った。このまま、立ち去っても良いか、とも思ったが、グラスに飲みものも残っている。それに口をつけて、もうしばらく、この悲劇につき合ってやるか、と考えた。まったく、歳をとって優しくなったものだ、と自己分析しながら。

梶間は泣いているのかもしれない。しかし、やがて顔を上げた。

「自首するか？」彼女は尋ねた。

「ああ」梶間は頷いた。「面倒なことだな」

「自殺する気か？」

「ああ」梶間はまた頷いた。「それも、面倒だが……」

「狂っていると思わないか、自分が」

男は、くすっと笑った。そして、上目遣いに彼女を見据えた。

「歯を抜いたことか？」

「それもある」彼女は頷く。

「狂った人間に、あんな真似ができると思うか？」梶間は言った。

闇のような瞳が、一瞬だけ揺れたように見えた。

たしかに、狂っていたら、できないだろう。

そのとおりだ。

正常な奴の方が、ずっと恐ろしく、悲惨で、そして、冷たい。

人生の半分を、普通に生きてきた男が、ほんの少し軌道を外れて、素直な力強さを、やり場なく、宇宙のような空虚へ向けてしまったのだ。

狂ってはいない。

むしろ、正しすぎる。

梶間は、じっと彼女を見据えていたが、ふっと息を吐いて微笑んだ。

「教えてくれて、ありがとう。助かったよ」

「助かった？　誰が？」

「さあね。狂った誰かか、それとも、嘘をついた女か」

「知らないよ」彼女は首をふった。

「わからんさ、誰にも」

「何が？」

「じゃあ、もう……」

「もう、二度と会うことはない」彼女は煙を吐いた。

「そうだな」

「さようなら」

「ああ」男は頷き、立ち上がろうとした。しかし、もう一度椅子に座り直し、彼女の方へ顔を寄せた。「銃を持っているんだ」

「今？」

「うん」

「それで？」

「預かってもらえないか」梶間は言った。「いや、預けるんじゃない。譲るよ。もう、私には必要ない」

「断る」彼女は顎を上げる。「関わりたくない。さっさと帰ってくれ。自分のものは、自分で始末しろ」

梶間はじっと彼女を睨みつけた。

彼はゆっくりと立ち上がった。そして、視線を逸らせると、一度よろめいたあと、店の出口へ歩いていった。

その後ろ姿を彼女はじっと眺めていた。ポケットの中で構えていた拳銃から、ようやく力を抜くことができたのは、店のドアの音が聞こえたあとだった。

グラスを持って、二つ離れた奥のテーブルへ移動した。

背中を丸めて、男が一人座っている。その向かいの席に腰掛けた。

「ありがとう」男が言った。

「言われたとおり。上出来だった？」彼女は溜息をつく。「どうもね、人の書いた台本のとおりに話すと、呂律《ろれつ》がおかしくなるよ」

「可哀相なことをした」彼はグラスを口へ運んだ。「殺された奴らもそうだが、今の男も可哀相だ」

「何を今さら」彼女はくっと喉を鳴らす。「そんなことを言ったら、車をぶつけられた女が一番可哀相だよ」

「いや、それは単なる不運だ」

「同じだね。運命だろうが、人の意思だろうが」そう言って、彼女はグラスを傾け、残りの液体を飲み干した。

「うん、そうかもしれない」男はポケットから煙草を取り出し、大きなライタで火をつけた。

その炎で一瞬だけ、二人の間に浮かんでいた不思議な感情が照らし出された。けれど、そんなものは存在しなかったかもしれない。炎が消えると同時に、二人とも忘れてしまったからだ。

冒頭および作中各章の引用文は『クヌルプ』(ヘルマン・ヘッセ著、高橋健二訳、新潮文庫)によりました。

EYE LOVE EYE

視覚障害その他の理由で活字のままでこの本を利用出来ない人のために、営利を目的とする場合を除き「録音図書」「点字図書」「拡大写本」等の製作をすることを認めます。その際は著作権者、または、出版社まで御連絡ください。

N.D.C.913　272p　18cm

λ《ラムダ》に歯《は》がない

二〇〇六年九月六日　第一刷発行

定価はカバーに表示してあります

KODANSHA NOVELS

著者—森《もり》　博《ひろ》嗣《し》

発行者—野間佐和子

発行所—株式会社講談社

東京都文京区音羽二-一二-二一
郵便番号一一二-八〇〇一
編集部〇三-五三九五-三五〇六
販売部〇三-五三九五-五八一七
業務部〇三-五三九五-三六一五

本文データ制作—講談社文芸局DTPルーム

印刷所—凸版印刷株式会社　製本所—株式会社若林製本工場

ISBN4-06-182498-8

KODANSHA NOVELS
講談社ノベルス

神麻嗣子の超能力事件簿
生贄《いけにえ》を抱く夜《よ》　西澤保彦

書下ろし長編
ファンタズム　西澤保彦

大長編レジェンド・ミステリー
十津川警部 愛と死の伝説(上)　西村京太郎

大長編レジェンド・ミステリー
十津川警部 愛と死の伝説(下)　西村京太郎

京太郎ロマンの精髄
竹久夢二殺人の記　西村京太郎

旅情ミステリー最高潮
十津川警部 帰郷・会津若松　西村京太郎

時を超えた京太郎ロマン
十津川警部 姫路・千姫殺人事件　西村京太郎

西村京太郎初期傑作選Ⅰ
太陽と砂　西村京太郎

西村京太郎初期傑作選Ⅱ
午後の脅迫者　西村京太郎

西村京太郎初期傑作選Ⅲ
おれたちはブルースしか歌わない　西村京太郎

超人気シリーズ
十津川警部「荒城の月」殺人事件　西村京太郎

超人気シリーズ
十津川警部「悪夢」通勤快速の罠　西村京太郎

超人気シリーズ
十津川警部 五稜郭殺人事件　西村京太郎

超人気シリーズ
十津川警部 湖北の幻想　西村京太郎

豪快探偵走る
突破 BREAK　西村 健

ノンストップアクション
劫火(上)　西村 健

ノンストップアクション
劫火(下)　西村 健

世紀末本格の大本命!
鬼流殺生祭　貫井徳郎

書下ろし本格ミステリ
妖《よう》奇《き》切《せつ》断《だん》譜《ふ》　貫井徳郎

究極のフーダニット
被害者は誰?　貫井徳郎

あの名探偵がついにカムバック!
法月綸太郎の新冒険　法月《のりづき》綸《りん》太郎《たろう》

「本格」の嫡子が放つ最新作!
法月綸太郎の功績　法月綸太郎

噂の新本格ジュヴナイル作家、登場!
少年名探偵 虹北恭助《こうほくきょうすけ》の冒険　はやみねかおる

はやみねかおる入魂の少年「新本格」!
少年名探偵 虹北恭助の新冒険　はやみねかおる

はやみねかおる入魂の少年「新本格」!
少年名探偵 虹北恭助の新・新冒険　はやみねかおる

はやみねかおる入魂の少年「新本格」!
少年名探偵 虹北恭助のハイスクール☆アドベンチャー　はやみねかおる

書下ろし本格推理・トリック&真犯人
十字屋敷のピエロ　東野圭吾

書下ろし渾身の本格推理
宿命　東野圭吾

フェアかアンフェアか!? 異色作
ある閉ざされた雪の山荘で　東野圭吾

異色サスペンス
変身　東野圭吾

究極の犯人当てミステリー
どちらかが彼女を殺した　東野圭吾

未曾有のクライシス・サスペンス
天空の蜂　東野圭吾

名探偵・天下一大五郎登場！
名探偵の掟　東野圭吾

これぞ究極のフーダニット！
私が彼を殺した　東野圭吾

『秘密』『白夜行』へ至る東野作品の分岐点！
悪意　東野圭吾

純粋本格ミステリ
密室ロジック　氷川 透

〝法医学教室奇談〟シリーズ
暁天の星　鬼籍通覧　椹《ふし》野《の》道《みち》流《る》

〝法医学教室奇談〟シリーズ
無明の闇　鬼籍通覧　椹野道流

〝法医学教室奇談〟シリーズ
壺中の天　鬼籍通覧　椹野道流

〝法医学教室奇談〟シリーズ
隻手の声　鬼籍通覧　椹野道流

〝法医学教室奇談〟シリーズ
禅定《ぜんじょう》の弓　鬼籍通覧　椹野道流

本格ミステリの精髄！
本格ミステリ02　本格ミステリ作家クラブ・編

2003年本格短編ベスト・セレクション
本格ミステリ03　本格ミステリ作家クラブ・編

2004年本格短編ベスト・セレクション
本格ミステリ04　本格ミステリ作家クラブ・編

2005年本格短編ベスト・セレクション
本格ミステリ05　本格ミステリ作家クラブ・編

2006年本格短編ベスト・セレクション
本格ミステリ06　本格ミステリ作家クラブ・編

第19回メフィスト賞受賞作
煙か土か食い物　舞《まい》城《じょう》王《おう》太《た》郎《ろう》

いまもっとも危険な〝小説〟！
暗闇の中で子供　舞城王太郎

ボーイミーツガール・ミステリー
世界は密室でできている。　舞城王太郎

舞城王太郎のすべてが炸裂する！
九十九《ツクモ》十九《ジュウク》　舞城王太郎

第一短編集待望のノベルス化！
熊の場所　舞城王太郎

あなたを駆け抜ける圧倒的スピード感
山ん中の獅《シ》見《ミ》朋《トモ》成《ナル》雄《オ》　舞城王太郎

舞城王太郎が放つ、正真正銘の「恋愛小説」
好き好き大好き超愛してる。　舞城王太郎

殺戮の女神が君臨する！
黒娘　アウトサイダー・フィメール　牧野 修

非情の超絶推理
木製の王子　麻《ま》耶《や》雄《ゆ》嵩《たか》

本格ミステリの巨大伽藍
作者不詳　ミステリ作家の読む本　三津田信三

衝撃の遺体消失ホラー
蛇棺葬　三津田信三

身体が凍るほどの怪異！
百蛇堂　怪談作家の語る話　三津田信三

本格ミステリーと民俗ホラーの奇跡的融合
凶鳥の如き忌むもの　三津田信三

本格民俗学ミステリ
吸血鬼の壜詰【第四赤口の会】　物集《もずめ》高音《たかね》

本格の精髄
すべてがFになる　森　博嗣

硬質かつ純粋なる本格ミステリ
冷たい密室と博士たち　森　博嗣

純白な論理ミステリ
笑わない数学者　森　博嗣

清冽な論理ミステリ
詩的私的ジャック　森　博嗣

論理の美しさ
封印再度　森　博嗣

ミステリィ珠玉集
まどろみ消去　森　博嗣

森ミステリィのイリュージョン
幻惑の死と使途　森　博嗣

繊細なる森ミステリィの冴え
夏のレプリカ　森　博嗣

清冽なる衝撃、これぞ森ミステリィ
今はもうない　森　博嗣

多彩にして純粋な森ミステリィの冴え
数奇にして模型　森　博嗣

最高潮！　森ミステリィ
有限と微小のパン　森　博嗣

森ミステリィの現在、そして未来。
地球儀のスライス　森　博嗣

森ミステリィの華麗なる新展開
黒猫の三角　森　博嗣

冷たく優しい森マジック
人形式モナリザ　森　博嗣

森ミステリィの華麗なる展開
月は幽咽《ゆうえつ》のデバイス　森　博嗣

森ミステリィ、七色の魔球
夢・出逢い・魔性　森　博嗣

驚愕の空中密室
魔剣天翔　森　博嗣

森ミステリィの煌き
今夜はパラシュート博物館へ　森　博嗣

豪華絢爛　森ミステリィ
恋恋蓮歩の演習　森　博嗣

森ミステリィ、凛然たる論理
六人の超音波科学者　森　博嗣

摂理の深遠、森ミステリィ
そして二人だけになった　森　博嗣

創刊20周年記念特別書き下ろし
捩れ屋敷の利鈍　森　博嗣

至高の密室、森ミステリィ
朽ちる散る落ちる　森　博嗣

端正にして華麗、森ミステリィ
赤緑黒白　森　博嗣

千変万化、森ミステリィ
虚空の逆マトリクス　森　博嗣

森ミステリィの更なる境地
四季　春　森　博嗣

優美なる佇まい、森ミステリィ
四季　夏　森　博嗣

精緻の美、森ミステリィ
四季　秋　森　博嗣

森ミステリィの極点
四季　冬　森　博嗣

森ミステリィの新世界
φ《ファイ》は壊れたね　森　博嗣

森ミステリィの詩想
奥様はネットワーカ 森 博嗣

鮮やかなロジック、森ミステリィ
θ《シータ》は遊んでくれたよ 森 博嗣

清新なる論理、森ミステリィ
τ《タウ》になるまで待って 森 博嗣

詩情溢れる、森ミステリィ
レタス・フライ 森 博嗣

森ミステリィ、驚嘆の美技
ε《イプシロン》に誓って 森 博嗣

論理の匠技
λ《ラムダ》に歯がない 森 博嗣

長編本格ミステリー
暗黒凶像 森村誠一

長編本格ミステリー
殺人の祭壇 森村誠一

第33回メフィスト賞受賞
黙過《もっか》の代償 森山赳志《たけし》

長編本格推理
聖フランシスコ・ザビエルの首 柳 広司

第30回メフィスト賞受賞
極限推理コロシアム 矢野龍王

前代未聞の殺人ゲーム
時限絶命マンション 矢野龍王

完璧な短編集
ミステリーズ 山口雅也

パンク=マザーグースの事件簿
キッド・ピストルズの慢心 山口雅也

本格ミステリ
続・垂里冴子のお見合いと推理 山口雅也

〝偶然の連鎖〟がノベルスに！
奇偶 山口雅也

傑作忍法帖
甲賀忍法帖 山田風太郎

傑作忍法帖
柳生忍法帖・上 山田風太郎

傑作忍法帖
柳生忍法帖・下 山田風太郎

ノベルス初登場！
怪人21世紀 中野ブロードウェイ探偵ユウ&AI《アイ》 渡辺浩弐